U0138239

鍾曉陽作品

哀歌

三三書坊

哀歌

作　　者／鍾　曉　陽
發 行 人／朱　天　文
出　　版／三三書坊
臺北市辛亥路四段 101 巷23 弄 25 號
電話（02）932-1832
登記政局版臺業字第 1941 號

發　　行／遠流出版事業股份有限公司
臺北市 10714 汀州路 782 號七樓之 5
郵撥／ 0189456-1　電話／ 392-3707
傳眞號碼／ 341-0760
登記證局版臺業字第 1295 號
法律顧問／王秀哲律師
嘉義市忠義街 178 號　電話／（05）227-3193

排　　版／正豐電腦排版有限公司
臺北市仁愛路四段 35 巷 7 弄 1 號 2 樓
印　　刷／優文印刷有限公司
臺北縣土城鄉永豐路 195 巷 29 號
電話／ 262-2379
□1989（民 78）年 7 月 1 日　初版（印數 1～3000）

售價 110 元（缺頁或破損的書，請寄回更換）
版權所有・翻印必究

香港出版者：八大出版集團有限公司
香港銅鑼灣希慎道 2-4 號蟾宮大廈 208-210 室
TEL ：5-8909811
FAX ：5-8954137

目錄

哀歌

近日我常想到死亡的事情。

從前我們也談論過死亡。你說你願意死在大樹下，讓樹枝吸取由你的屍骨所化成的養料，越長越高。那棵樹看得多遠，你就看得多遠。你所看到的世界，沒有言語可以形容。

「我願意做那棵樹。」我說。

至今我仍愛著你。

人死後，化爲飛灰，我對你的記憶，是否就如失去肉體的幽靈對於人類肌膚的記憶，永不可追？我還能在你的眼神中迷失自己，與你生死相許嗎？在死後的世界，有誰能爲我捎來你的信息，好讓我知道你在人間，是否幸福？我是否仍能維持生前你最喜歡的樣子，以你的夢境，作爲我的歸宿，在你的夢中對你說話？黃泉路上，我們在海邊所立的盟約，可能爲我指點他生的緣份，讓我走向正確的方向，好與你在來世做一對情人、夫妻？

是否每個人心中都有個死後的樂園，對於美麗的極樂有所想望？

西方有極樂清淨土，無諸惡道及衆苦，但受諸樂。

水手們相信死後進入綠色的草原。那裏有醇酒、美人、歌舞、奏個不停的小提琴。

我曾經將漁夫死後的世界，編成一篇篇富於活力的、愉快的童話。翠藍色光亮的海底，小魚吹著七彩泡沫，蝦男蟹女追逐嬉戲，穿著用柔軟的漁網織成的衣裳。水底的沙像牛奶一樣白而香，海藻有著春天的青草的顏色，各種貝類發出一陣陣光澤，每一隻是一個音樂盒，開闔之間有微微的旋律。

但你寧願離開你的漁船，回到岸上來，尋找葬身之地。

無論水手或漁夫，最終還是回歸土地。

西歐傳說水中溺斃的人，其靈魂須在世上漂泊二百年，始能得到安息。

可見人類嚮往安定，難把無根的生涯視爲極樂。

佛教有輪迴轉世之說，認爲人死後，其魂靈以另一副形體，再度托生於世。

果眞如此，我願意轉世爲一棵大樹，生長於天地之間——葡萄雨露，星星糖菓，雲的白肉與乎花的香骨，陽光琥珀……

讓我以深深的泥土，作爲永生的園地，把枝葉向高空伸展，直到天空的盡頭，每一片葉子是天上的一顆星，永恒地護蔭你流浪人間的魂靈。

讓小鳥來到我的枝上，唱他們臨終的哀歌，當我沉默，植根於你立足的土地，喜歡生長，永遠向上。

●

能將生命變成故事，我覺得是可喜的，能夠將生命賦予故事，我覺得這更加可喜。然而，回顧自己的過去，我不覺想起希臘傳說中麥德斯國王點物成金的故事。凡他的手指所觸之處，皆變成黃金，其結局必然是悲劇性的，而且是比人類的貪慾更大的悲劇。

凡我的手指所觸著的，皆變成故事，想必也有其可悲之處。

我曾經把世上的一切變成你。

現在我又把一切變成發生在你身上的故事。

得不到你，是否因爲我在不自覺的時候，把你變成了故事？

有時我覺得，與其說一個故事，倒不如唱一首在海邊爲你送別的歌。

從前我常常立在漁港目送你的漁船出海。

「我的小丈夫。」我心中這樣地呼喚你。

每回我都想著，這一次你去了，不知道還會不會再回來。

可惜今生今世，我們無緣做夫妻。

為什麼萬千故事之中，我獨不能編一個與你成爲夫妻的故事？

但是，能說一個愛你的故事，我也感到歡喜。

許多年前，我們初相識的時候，我還是一個學生，獨自來到你定居的城市求學。年紀輕輕的我，初次面對動人的自由，無所適從，對眼前的生活有一種茫然。

三藩市雖沒有特別出色的學府，與我年齡相仿、到此地求學的學生却不在少數。我曾經因爲不欲追隨潮流，聲言不出國留學，及至自己也屆留學年齡，這種抗議的聲響便告式微。我想是因爲青春的百無聊賴。

我也有了離開家庭，獨立生活的想法。這種想法的背後，談不上理想的力量。若有什麼，只是一些模糊的、一團色的夢而已。

我生長於人口簡單的家庭，環境富足，自幼受父母鍾愛，從未經歷什麼大的不幸。這造成了我的無知以及不切實際。

「膚淺而正派。」你這樣形容我。

每次我無端想起，自己也覺得好笑。

此後沒有人更準確地形容過我。

記得有一次，我問你，爲什麼和我好。

你說，因爲這個世界對你來說是玫瑰色的。

我沒有追究你這話的眞意，雖然我不大明白，爲何我眼中的世界，對你如此重要。

分手之後，我才想到，是否你在我身上，看見了一個玫瑰色的世界？這個世界，可有我在你身上所看見的那個，那麼美好？

我曾經在你身上，看見了一切。

當時我所看見的，現在我正漸漸失去。

我覺得對不起你。

初時，我寄居於父母朋友的家中。這一家，有兩兄妹，妹妹珍妮，哥哥占，都比我年長十歲以上。占與你是好朋友。學校尚未開學，他們輪流駕車載我遊覽這個名城，把我當作小妹妹一樣的照顧。

週末晚上，他們安排了跳舞的節目，尚缺一個男伴。珍妮提議把你叫來。那是我第一次聽見你的名字。

占說：「他肯來嗎？」

珍妮戲說你若不肯，就把你的漁船給鑿沉。

於是我們到你的漁船所停泊的碼頭去尋你。一路上，珍妮告訴我一些關於你的事情。她說你在一家航空公司當機械工程師，已經做到視察官的位置，但你一心想做商業漁民。前兩年，爲了買一條舊漁船，幾乎把所有積蓄用光。漁船需要重新整修，你把攢來的錢，完全花費在船上，前些日子，不得已把你自己那輛房車也賣了。在漁船能夠出海以前，你不敢放棄原先的職業。現在你一邊在航空公司任職，一邊還要兼顧漁船的整修工作，時常在船上過夜。

那艘船對你來說，就像你的家一樣。

夜晚的道路，看不清景致，無從辨認方向，直到看見金門橋，才知道正在向北方而行。遠遠近近的燈光，滾在荷葉綠的夜色上。付了過橋稅，車行很短的時間，便到了那個小碼頭。

占下車去叫你。

珍妮回頭對我說：「你也下來看看。」

我們都下了車。風很大，且意外地冷。整年岸邊泊滿了船，却看不見什麼人，彷彿所有的人都把船丟棄在岸邊，離船上岸了。只見占向你停泊的地方走去，蹲在木砌的堤邊，喊叫你的名字。

船艙有燈光透出，可見你確實在船上。果然，甲板底下傳來你答應的聲音。甲板上有一個樣式近乎水井的四方型構造，又像個有蓋的盒子，掀開蓋，你從那裏探出頭來，看見我們，有點驚奇。占問你修船的進展，你頂著風與他對答一陣，仍舊攀在通到下面船艙的梯子上。

珍妮給我們介紹，你笑著向我微微舉了舉手。

我心裏感到很親切似的。

占叫你跟我們一起去跳舞，你說：「好啊！」

你答應得那麼爽快，似乎是占和珍妮意想不到的。

你從那個四方口爬出來，身上連衫褲的工作服遍佈污漬，原來的淺藍色大略可辨而已。「你們等我一下，我去洗洗手，」你說，走進船樓。接著便聽見開水喉放水的聲音。少頃，你提著一個鐵桶出來，把髒水往海裏一潑，又走回船樓。

透過窗口，我看見在昏黃的燈光中移動的，你的人影。

收拾停當。滅了燈，你出來鎖上艙門，托起一塊木板把那四方口蓋起來，也上了鎖。然後你沿著堤邊的梯子爬到岸上。

我們一行人向車子走去。有你認識的漁夫和你打招呼，問你上哪裏去。「玩玩去！」你說，跟他們隨便說著玩的話。

上了車，你說：「我們到什麼地方？」

占告訴了你，你說：「那裏太吵了，不太好吧！」

結果我們到另外一個地方去。可是你穿著牛仔褲，那地方的人不讓你進場。

「那怎麼辦？」珍妮道。

你抱著胳膊，笑笑地說：「那還不簡單？我把……」

珍妮忙喝止你：「有小孩在場，看看你的嘴！」

你似乎正要說什麼不文雅的話。我倒笑了起來。

「我去買一條褲子不就行了，」你說完就逕自走了。

我們正好在一個商場裏面，有的商店尚未關門。

「你見過這樣狂的人沒有？」珍妮笑著問我。

不一刻，果然見你穿著西裝褲回來，手上拿著你自己那條牛仔褲。

我們得以順利進場。

坐定後，你們三人都要了白蘭地。你問我喝什麼，我說不上來，你說：「我給你介紹一個，叫卡露華的，有點咖啡味，加牛奶，甜甜的，一點都不烈，好不好？」

我說好。

占叫我跳舞，我搖了搖頭。「你們先跳，」我說。

占和珍妮離開後，我和你只是沉默地望著舞池，沒有交談。

下一支舞，占請我跳，我仍然搖頭。你和珍去跳。再下一支舞，又是占和珍妮兩兄妹互作舞伴。

過了一會兒，你問我：「以前跳過舞嗎？」

「很少，」我說。

「這一支舞不錯，你要不要試一試？我帶你，不怕的。」

我猶豫著，你已經站了起來，並且俯低頭小聲說：「怎麼樣？」

我實在無法拒絕你。

是一支慢四步。在幽暗的燈光中舞著，我臉紅心跳，不敢抬頭望你。

你到底是怎樣的一個人呢，我心裏想。

你帶舞的方法溫柔謙遜。我覺得你這個人很好似的。

占見我與你跳舞，以爲我肯了，下一支舞便要跟我跳。我還是拒絕了他。你怕他受窘，忙拿話打圓場。

整個晚上我只跟你一個人跳舞。

「爲什麼不和占跳？」你問我。
「我喜歡跟誰跳就跟誰跳，」我說。
「你喜歡跟我跳嗎？」
我不知道該怎麼說才好，有點想笑。
「你還是小孩子呢，」你說。
「除了爸爸之外，我只跟你一個人跳過舞。」
「眞的？」你笑道。
我覺得好像有點喜歡你似的。
後來我和你要好，占總是拿這一天的事情來取笑我，不外是原來我第一次見你便心有所屬，怪不得只跟你跳舞，不跟他跳舞……這一類的話。
次日早晨，你來到我寄居的人家，找占有事。占剛好和他父母出去了。珍妮還未起身。我正坐在客廳的餐桌閱讀一本關於哲學的書。
我說占很快就回來，你便坐下來跟我聊天。
「想家嗎？」
「不想，」我說。

「爲什麼會選三藩市？」

「我不知道。」

「你不怕？這裏有地震啊！」

我只是板著一張臉。不知道爲什麼，那天在你面前，我覺得很不自在，不知道應該怎樣才好。

你把手肘支在桌上，托著頭，望著我說：「你知道嗎？上帝造人把人造得笑的時候比不笑的時候好看，一定是有道理的。上帝也希望我們快快樂樂，你說是不是？」

你翻了我那本哲學書，「你打算在大學裏唸什麼？」

「我還不知道，」我說。

你一邊翻書，一邊隨意議論著各家各派的哲學，其異同、長短、優劣。原來你知道得極多。我很有興致地聽著，欣羨不已。

你說你從哲學以及自己的人生經驗學得了一個道理，就是這世上的確有正確的人生態度，有至善。你反對否定客觀事實存在的哲學。

我似明白，似不明白。

「我什麼都不懂，」我說。

你笑道：「蘇格拉底也還說他自己什麼都不懂呢，」

我不由得笑了。

那個客廳十分敞亮，陽光照進來，都照遍了。地上有微微的陰影，却沒有陰影的感覺。彷彿只是一種植物的微涼。

窗外夏日遲遲。

簷燈上附著一個漂亮的燕巢，略為像一隻松毬，散發著新熟的松香。我指給你看。也許是燕子南移前最後一次在此築巢。我告訴你前兩天一隻小燕學飛，不幸跌死的事情。睡覺的時候，小燕睡在巢窩裏，大燕攀著巢緣，疊起翅膀，微闔著眼，樣子十分有趣。

你說：「要不要出去走走？」

「你不等占了？」我說。

「不等他了。」

我給珍妮寫了張便條，便跟你出去。你開著一輛看起來十分殘舊的淺藍色豐田敞篷運貨小卡車，載我到嬉皮士一度聚居之地。我們下車走路。陽光靜靜地照滿街心。

你給我講了一個與嬉皮士有關的笑話：某大學寫字間的一位女秘書對嬉皮士深懷成見，一天，一個長髮披肩，留長鬍子的嬉皮青年進寫字間問點事情。這位女秘書馬上變了臉色，不客氣地趕他出去，說：「我們這裏不歡迎你這種人！」嬉皮青年擺出一副滿不在乎的姿態，好整以暇的說：「

耶穌不正是我這個樣子的嗎?要是耶穌來了，你也不讓他進來嗎?」說得那個女秘書啞口無言。

我被你的精神語氣逗得大笑起來。後來我把這個笑話轉述給別人聽，再也不好笑了。

經過一家希臘餅店，你指著櫥窗裏面的一種點心，說那個很好吃，我一定會喜歡吃的，進去給我買了一塊。是一種多層夾心餅，我覺得太甜，但還是很開心的吃完了。

順步走去，來到金門公園東區，因其形狀被稱爲「鍋柄」的地帶。我們在那裏的長凳上坐了一會兒，談論一些年齡的事情。只是坐著，看了一會兒落葉，便覺得光陰匆匆。

然後你帶我到一個高尚住宅區，看那裏的維多利亞式房屋。我們把車子停在路旁，就在車子裏坐著。往右看，有一棵豐滿的梧桐樹，風吹樹搖，每一片葉子是一隻小手，往下一探一探，彷彿想要撫摸一下它生長的土地。

雀鳥的鳴聲處處。

你說你喜歡房屋，尤其是在山中狩獵的時節偶爾經過的，那些在黑夜裏點亮了燈的房屋，每令你興起思家之情。

你曾經同你的大哥和姪兒去獵過鴨子。鴨塘極深，甚至要把你十歲的姪兒揹在背上，涉水而過。有一次你的姪兒撿到一隻鴨哨。那是一種能夠發出鴨鳴聲的工具。直到現在他還喜歡拿它來逗人。

你也在加州及緬因州獵過鹿。松鼠、兎子一類的小動物，經常成爲你的獵獲物。你還獵獲過一隻狐狸。那是你在緬因州伺伏一隻鹿的時候無意中獵得的。

寒冷的夜晚，揹負著沉重的獵槍經過山中的人家，瑟縮著，透過窗戶往裏看，可以看見一家子在溫暖的燈光下圍桌進餐。那時你眞想家。你知道，對於屋裏的人而言，你將永遠是一個打從窗外經過的人。獨自走向無邊的黑夜，沒有誰比你更淸楚自己的命運。

所以你不願受家室之累，寧願到海上做個自由的浪人。

我曾經願意追隨你，把我們的家建立在海洋上，但是你說：「我不願我的家在海上漂流。」

山中的燈，暖眼又暖心。

也許只有山中小徑上，遠遠的一盞寒夜的燈，方才是你心目中永恒的家園。

如果是這樣，我願意點一盞岸上的燈，讓你捕魚歸來，遠遠地看見。

回憶往事，是否就如經過山中的人家，瑟縮在寒夜裏，從窗外看著裏面溫暖的情景？

假如這就是我的命運，我們的一生，其實都是在寒冷和孤獨中渡過。

後來，我搬到你姨母家樓下的單位居住。我向你提過想找房子，獨自居住的事。恰好你姨母家原來的房客搬遷。通過你的關係，我以較低的租金把那個單位租住下來。

搬家那天，占幫忙把我的東西安頓好，開車載我到唐人街購買必須添置的物品。剛進入中國城，就看見你立在路邊，靠著一輛車子跟人聊天。我下了車；占自去泊車。你正吃著豆沙酥餅，給了我一塊。我們一邊吃著，一邊看著對面樸茨茅斯廣場的野鴿子飛來飛去，到處覓食。新居在落日區，距離太平洋僅有一箭之地。不知是邁澳島、法拉龍羣島、抑或其他島嶼的霧號，在大霧的晚上徹夜不斷地響。嗚嗚的響聲，猶如生活在野山裏的，一種寂寞勇猛的動物的哀鳴，給人天寒地凍之感。我想到你若在船上，也是聽著這聲音。在海上聽來，會否比較像一種海獸的鳴聲？還是這聲音已經成爲你生活的一部分，是你自己的聲音？

你常到我家樓上你姨母家，找你表弟。他在中國餐館當廚師，有一陣子失業，常跟你上船。有時你把車子開到門口，按按響號，他自會從樓上下來。

我在窗口掀開窗簾的一角看著你們離去。

我以爲你總會來看我，但是，許多日子過去了，你始終沒有來。

離家上學，或放學回家，屢次在門口碰見你那在製衣工廠工作的表妹，站在路上和她聊個一時半刻。我想向她探問你的近況，又覺得不便啓齒。或者我只是想提起你而已。每次跟她說話，心裏想的都是你。有一回，她做了大黃葉餡餅，給我送來一塊。其後才知道是你叫她給我送來的。

可是，長久的一段時間，你只在我的頭頂上來來去去。樓上樓下僅一板之隔，我甚至聽得見你笑話的聲音。便是在做功課的當兒，我也停下來傾聽。那時，我好像有點覺得寂寞似的。我覺得整個世界是屬於你的，而我一無所有。你離去時，下樓梯的脚步經過我家門前。連木柵的咿啞一聲也響過後，我悄悄地來到窗口，從簾縫看著你的車子遠去。

我會做出一些奇怪的舉動，譬如說，若在晚間，聽見樓上你的親戚送你到門口，我便把我家的燈全部熄滅，好讓你以為我家裏沒有人。這樣跟自己玩著遊戲，誠然是可笑的。一切都不知道是為了什麼。

屋後有一個小小的院子，久無人整理，顯得十分破爛。位於院子一角的儲藏雜物的小木屋，也露出傾頹的迹象。除了三四塊石板，其餘全是泥地，房東太太不規律地種著芥菜。院子中央橫拖過三道繩子，權充晾衣繩。

記得那正是芥菜花開的時節。我提著一桶衣物到後院，踏在石板上，把衣物往繩上晾，忽然聽到你說話的聲音。回頭一看，你正斜倚著樓上的樓欄，與你的表妹閒談。看見我抬頭，你對我笑了一笑。

我把濕濕的衣服用力抖了抖，濺出的水點，種子似的撒在泥地裏。一隻小黃蝴蝶在同色的芥菜花間飛來飛去。彷彿它也想找一棵好的芥菜，做它的花。

明媚的陽光下，芥菜花好看地開著，為了蝴蝶的愛。

我還是常常在窗前看著你離去。似乎永遠是我看見你而你看不見我。一天不見你，心中便懸懸的，覺得不圓滿。爲了一個尚未深交的人，變成了另外一個人似的。完全不可解，我很生自己的氣。因爲被這種情形苦惱著，心情落寞，感恩節學校有幾天的假期，同學邀我去滑雪，也被我拒絕了。

就在那幾天，你爲你表弟那輛福特房車做一些修理工作。車子就停在我家門前的馬路邊，從我那裏，清晰地聽見你們的談話聲，以及操作時鐵器碰撞的聲音。樓梯口設有一個水喉，工作告一段落，你們每在那裏放水洗手。你們離去後，門前的水漬，慢慢也乾了。

一天上午，只有你一個人來，獨自忙了半天。你表弟不知上哪裏去了。這麼冷的天氣裏，你身上只穿了一件髒舊的格子襯衫。工作完畢，用樓梯口的水喉洗過手，你來敲我家的門。

我著實吃了一驚。

「還好嗎？」你微笑著說。

「還好，」我說。

樓上沒有人在家，你想借用我的電話。

用完電話，你說：「你這裏怪冷的，怎麼回事？沒開暖氣嗎？」

「暖氣壞了，」我說。

你看了看我身上的大衣。這些天，我已習慣在室內也穿著大衣。

「壞了?你沒跟樓上說嗎?」

我不作聲。其實我已跟房東太太提過，房東太太說他們自己也不開暖氣，在屋裏穿衣服就行了。但我沒有把這情況告訴你。

「我替你看看，」你說。

北牆有一個裝飾壁爐，暖氣機就在那旁邊的牆根處。你把暖氣機的蓋子掀下來，趴在地上往裏察看，然後你爬起身，跑到外面把你的工具箱拿進來。

暖氣機的位置使然，操作起來很不方便，必須昂著頭，眼睛往上翻。你索性臉朝上仰躺著。

我給你倒了一杯冷飲，你喝了一口，說：「咦，這是什麼?那麼好喝?」

我說是蘋果汽水。

「你在哪裏買的?」

「超級市場都有呀，才八毛九一瓶，」我說。「你表弟呢?今天怎不見他?」

「他上班去了?」

「哦?他找到工作了?」

「哎，哪天我帶你上他那家餐館去，叫他給我們弄一頓，他弄得不錯的。」

掏弄了半天，你卸下一件零件，坐起來說：「這零件要換，我去買。」看了看錶，你又說：「

吃飯了沒有？一塊兒去吃飯？」

從這裏朝南走，第二個街口往左拐，有一家中式麵館，我們到那裏去吃。路程雖短，因爲還要買零件，便開車去。外面遍地陽光，倒比屋內暖和許多。

「感恩節你做了什麼？」路上，你問我說。

「就在家裏。」

「眞的？早知道叫你到我家吃飯。」

「你叫我，我也不會去的。」

「爲什麼？」

我沒有回答你。

「你家那麼冷，呆在裏面不好受吧！」

「樓上也是不開暖氣的，你到他們那兒，不覺得他們那兒冷嗎？」

頓了一頓，你笑道：「要不是我發覺了，你怎麼辦？就這樣挨下去嗎？」

「你看我挨不挨得下去！」

你笑了起來。

到了那家麵館，你要了雲吞麵，我要了牛肉粥，另外加一碟油菜。你把醋澆在匙子裏蘸麵吃，忽然苦著臉說：「哎呀，這醋怎麼這麼難吃！」

「是嗎？」

我把醋倒在匙子裏，嘗了一點。

「好像摻了醬油！」你說。

店子裏只有我們兩個人。你把隔壁桌子的醋也拿來嘗了，還是不好。你不死心，把其他幾桌的醋都嘗遍了。

我笑道：「當然是一樣的，一家店還有兩個醋不成。」

「這怎麼辦，這醋這麼難吃！」

「以後我們自備，我把我家的醋帶來。」

你連聲稱好。

回家我找到了一個原本盛菊芋的小玻璃罐，裝了半罐子浙醋。但是暖氣機修好後的一個星期，你都沒有再來。

一天下課回家，無意中發現地面上一張從門縫裏塞進來的字條，上面寫著：「來訪不遇，只好一個人去吃雲吞麵。」

我望著你的字迹，心中惘惘的，只覺得若有所失。

我沒有多作考慮，找個藉口向你表妹要了你的住址，寫了一張我這個學期的課程表給你寄去。你來的那天，我給你開門，兩人都相視而笑。

我們帶著醋罐子去吃麵。

你在航空公司值夜班，從晚上十一點工作到早晨七點，回家睡到中午，吃過午飯便上船工作，直到晚飯時間才回家。晚飯後，睡個兩三個小時又去上班。或者你自己打發晚飯，從漁港那邊直接到你做事的地方。

那些日子你睡眠不足，見面總是說：「睏死了！」我很擔心你開車時候昏睡過去。

午飯時間除非有課，我一定趕回家。從學校到家雖然只需約十分鐘車程，在路上也歸心似箭。躲在窗後看你離去的日子過去了。現在我每掀開簾子注視著你慣常出現的方向，等待你來。時間上若晚了，你只把車子開到門口按響號。有一次你表弟以為你來找他，從樓上下來。我也剛好從樓下出來。局面十分尷尬。在車上我們都笑了。

你若早到，就坐在車子裏打盹，等我回來。我喜歡下了公車走回家的時候，遠遠地看見你蹲在路邊逗狗玩，坐在我家門口的那一級台階上看馬路，或者兩手插在褲袋裏，倚著前院的柵欄，哼一首歌。

附近那家麵館星期三休息，我們便到基爾街比較遠的那一家。興致好的時候，也去唐人街。到唐人街的路途中，有一個在行車天橋上的地方，可以看見極美的城市的景觀。三藩市的街道沿山築造，房屋多在山上。從那地方往右前方眺望，就是一座山。山上一大片屋舍，櫛比排列，密密麻麻，幾不見空地，儼然一座獨立的城，那淺淺的顏色，與晴朗的天氣異常協調。太陽照射山頭，遙遙望去，讓人覺得那山上剛剛崛起了一個輝煌勇敢的王朝。

每次我經過那裏，心中便興起一股歷史的興衰榮敗之感。

●

於我而言，現實世界與夢想世界永不可分。至於，是我與前者完全脫節，抑或把前者溶化入後者之中，這一點是還不能夠確定的。但兩者其實具有雷同的意義。

失去了你，通過任何的情愫與幻象而使我達到忘我境地的夢想世界，我漸覺難以把握。因此，人生常有多蹇之感。

一生中，有多少事情，其實是發生於夢與醒的交界處。歸根究底，世事並無眞假之分，只有虛實之分。

我第一次上你的漁船，你說：「這是我的夢……你的夢是什麼？」

對未來有所懷疑之時，你一再地問我：「我的夢眞的能夠成爲事實嗎？」

「一定能夠成爲事實的。」我總是說。

你夢想著出海捕魚，已經許多年。當你第一次駕著你自己的漁船出海，你也許會在心中問自己：「這是眞的嗎？」

若我們兩人之間，只有一個夢能夠成眞，我願意那是你的夢。如此，則我的夢縱然憔悴、滅絕，我也心甘情願。

你是否覺得這無疑是一個慣於以夢想自娛的人的說話？

從前你最喜歡與我談論你的漁船。

你以三萬多美元買下這條已有十四年船齡的舊漁船，付款之時，興奮得連手都發抖。

我只知道那是一艘可作遠洋捕魚、一般時速爲八至九海里、內表面澆了水泥的堅固的漁船。舊船主登岸從事別的行業，因把漁船出售。漁船保養得不好，需要大量整修費。我在認識你時，已幾達五萬美元，經濟上的拮据，加深了你對於未來的不安。

寒假裏的一天，你來找我。你說你在南邊一個小鎭的儀器店訂購了一具船上用的機件，需要去取。但前一天你只睡了兩個小時，恐怕開車時打瞌睡，希望我能陪你去，也好有個人隨時叫醒你。

天氣陰寒，飄著霏霏小雨，沿途我們東拉西扯地聊個不停。我戴著黑色的毛織手套，你伸過手來握著我的手。我故意把手從手套裏面退出來。你就微笑著握著我的手套，把它當成我的手。

辦過簡單的手續，順利取得機件。那是一支管狀的沉重物事。你把它牢牢地拴在小貨車上，然後我們向你泊船的碼頭進發。

碼頭在梭沙立多，隸屬馬林郡，位於金門橋北端的李察遜灣。那是以捕魚業、造船業及旅遊業爲主要工商業的旅遊區。

金門橋的景色，千變萬化，在晴朗的日子裏，抬頭可看見白雲冉冉飄過，穿越紅橋的鋼架，從橋東飄到橋西。這天卻霧靄沉沉，天厚雲低。

過了金門橋，行約十分鐘，彎入右手邊的一段斜坡路，進去便是小碼頭。迎面是一片鐵絲結成的大柵，柵外有停車位。這次因爲要卸下機件，便直駛進柵。一段水泥路跑道般的伸入港灣，接其末端是一截木堤，由水中探出的巨大木樁支撐著。沿堤都有梯子，供人們上下船。不是捕魚季，港灣泊得滿滿的。你的漁船挨著木堤，泊在最近海的一排。

略呈方型、藍白兩色的漁船，破舊零亂，甲板上滿是雜物。你估計尚需兩三年時間，始能完成整修工作。船首及船尾以黑漆塗上「克莉斯汀」這個英文字，是爲船號。據說是舊船主千金的名字。

花四十美元，僱了操縱起重機的人幫你把機件卸落漁船。過程中，忽然認眞地下起雨來。你忙到船上穿起雨衣，叫我上車避雨。剛上車，大雨傾盆而下，從擋風玻璃望去，你的雨衣僅只是一抹黃影子，忽隱忽現。便是在日常生活中，是如何輕易地被分隔到兩個不同的世界中去。

有那麼一刻，什麼都看不見，唯看見雨。再看見你的雨衣，便知雨勢略慢。待你完成卸落工作，跑上車來，已然渾身濕透，而我衣上的雨痕却半乾了。

我們默默地看雨。雨都是從斜裏來，可見風也極大。山和海灰暗一片，不知是山沉入了海中，抑或海淹過了山頭。風雨日的晝晦，令人覺得已近夕暮。

忽然從海上飛來一隻蒼鷺。

「好大的一隻蒼鷺，」你驚嘆道。

那蒼鷺在一條木樁上佇立一會兒，旋卽飛走。

不過這裏還是數海鷗最多。一下雨，海鷗不知飛到哪裏去了，不知附近可有牠們的棲身之所。

海鷗亂飛的日子，來這裏看海上的船隻，心裏便覺得平靜，你說。

在波士頓的期間，有一陣你常到漁港看漁船。其時你已開始憧憬海上的捕魚生涯。

中學畢業後全家移民來此定居，得了機械學學士學位，你便離開家庭到處流盪，在公路上載搭順風車，穿州過省，隨遇而安。遇到風景好的地方便留下來，覓一份職業。住個三五個月。就這樣，你從西岸漂泊到東岸，在波士頓，邂逅了一位比你年長五年，與丈夫分居的有夫之婦，與她同居半載。後來她回到她丈夫的身邊去了。從那時起，你常到漁港看漁船。漁港的夕陽極美……聽著你說，我彷彿也看見了那令人心動的景象。紅紅的夕陽就像一面大而圓的帆，緩緩下降。整個地球是它的船。

那時你是如此年輕，我心中想道。

「眞奇怪，」你忽然說，「爲什麼我會告訴你這些呢？我把我的故事都告訴你了。」

你想了想，自己笑了起來，「也許我前生欠了你許多故事吧。」

小時候，你常與父親在溪流裏釣魚。那時你從未想過以捕魚爲業。如今你覺得，與其僕僕於陸地的塵土之中，不如到海上尋找安寧。

從波士頓回到三藩市，你一方面考入航空公司任職，一方面積極學習有關捕魚行業的一切，結識梭沙立多的漁民，向他們請教。

金山灣一帶曾聚集著許多中國漁民。他們住在一些名叫「中國營」的小村子裏；全盛時期，這樣的村落約有十八座之多。這些漁民以大口拖網的漁船捕捉隨潮水出入港灣的草蝦。三藩市出產品質優良的蝦米，就是因爲這種蝦產自鹹淡適中的水域。其成功的程度，招致意大利漁民對政府施加壓力，下令禁用此種捕蝦法。此外，只有十分之一的捕獲品可被製成蝦米。在這樣的雙重禁制之下，這一帶屬於中國漁民的漁業從此式微。也有漁民從事養蛤。然此一作業却因爲海水污染而得不到發展。目前的華人漁民大部份是越南華僑，像你這樣的是極罕有的例子。

展望未來，你不禁有些忐忑不安。捕魚是否眞的適合你呢？自己的性情是難以捉摸的，在世間尋找性情相近的事情又是多麼困難。

有時我想，你的生活能夠容納那麼大的一個海岸，却無法容納一個小小的我，到底是什麼原因。

那天坐在車子裏看雨，你對我說，從未出海的人，是無法領略海洋巨大的寧靜的。你與相熟的漁民搭伴，或者租賃別人的漁船出海，次數已不在少。夜泊之時，整個世界除了地平線，別無其他。人與自然渾成一體。無限大的孤寂充斥於天地之間。

「孤寂怎能與人分享呢？」你說。

一種挫折感悠然升上我的心頭。我發覺我並沒有足夠的自信走進你的世界，或爲你的世界所接納。

「將來我的漁船可以出海了。你願意跟我出海嗎？」

「我怕會妨礙你，」我說。

你不再說什麼，只是輕微地嘆了一口氣。

過了一會兒，你說：「如果有一天，我再也不來找你了，你知道是爲了什麼嗎？」

我不說話，只是傾聽著隱隱在雨中傳來的淸脆得如同玉器碰擊的聲音。

「那是不是風鈴？」我說。

你說不是。那是船纜——拍打著桅檣的聲音。

●

你聽過失散的親人相認的故事嗎？在茫茫人海中，憑著半邊玉珮，一塊胎記，尋回多年下落不明的親人。寄情舊物，將一生灌注其中，這種題材，在目今這個時代，顯然已經稍嫌過時。但我喜歡那些傻氣的，團圓的故事。

有時候我覺得你是我世上唯一的親人。我看著你，心中喜悅得直想歡笑，覺得沒有人比你與我更親。我的心滿滿的都是你。

與你在一起，在外面吃東西，或買點什麼，每次都是你付錢，從來不讓我付。無論我如何據理力爭，終告無效。那回我買了個小玩意，值十塊錢，你幫我付了。記不清是爲什麼，過後我們起了小小的爭執。我身上只有一張二十元的鈔票。我拿出來一定要把買東西的錢還你。你笑笑的說：「我沒得找啊！」隨即把那張二十元鈔票接過去，輕輕鬆鬆撕作兩半，把其中一半遞給我，「哪！找你十塊！」

我把我那一半用相框鑲了起來，掛在牆上，事隔多時，還會指著它，半戲謔地向你說：「那就是我們的信物！」

金門公園濱海處矗立著一座裝飾風車，周圍培植了花圃，春夏開滿燦爛的花朵，青青的草地上姹紫嫣紅，使人聯想到一個西歐花園。我們躺在草地上的晴陽裏。公園的小樹林飄著鬱鬱的松香。你說：「要不要跟我去尋寶？」「尋什麼寶？」我笑道。高爾夫球，你說，只要高爾夫球場邊沿的林子裏，都可以找得到被人打進來的高爾夫球。我不相信，硬要跟你打賭。我們兩人便在那時陡時平雜草叢生的林子裏鑽高鑽低，衣服和頭髮上沾滿葉屑以及植物的小刺。終於讓你給找到了兩個。你說換了從前，你一定拿去賣，一個賣五毛錢。我們又無意中撿到一塊蛻落的蛇皮，約四五寸長，白底上一格格深棕的斑紋，摸上去有點脆脆的薄紙的感覺，被太陽晒得發出乾乾的熱氣，腥臭撲鼻。

尤加利的葉子可以辟腥，你說。把樹葉放在水裏煮，可消盡空氣中的任何腥味。公園裏隨處種植著尤加利樹，摘一把嗅一嗅，的確有一股辛甘的與腥味相抵觸的氣味。

你雖未正式出海，卻樂意幫助那些捕魚的漁民。他們捕得了魚，送給你，你總給我送來一條。你舉著魚向我笑道：「這是你的祖先啊！」坐在門的那一級台階上替我刮魚鱗，把魚鱗刮到脚下的泥地裏，惹來一大群蒼蠅。

我倚在門框上看著你刮魚鱗。屋裏煮著一鍋尤加利葉，一縷清香緩緩飄送出來，經過我身邊飄到門外，在半空中懶懶地蟠成一條龍，彷彿是從一個古老的香爐飄出來的，使人覺得眼前的一切，不過是陽光下的一場迷夢。

安排學校的課程，我盡量騰出中午的一段時間，好有空給你弄點東西吃，免得老是出去吃。你來我家，尚未進門，先就聞到湯的香味。「唔，好香！」你一進門就笑著說。你也喜歡幫我一起弄。做甜芋頭，那芋頭是你教我揀的，圓的是母，長的是公，比較好吃。我缺什麼用，你就從你家給我拿來，譬如粉篩、漏斗、攪蛋器等，拿來了往往又忘了拿走，直到你母親說要用的時候才發覺不見了。我家到處是你家的東西。

中午在家吃飯的人少，所以你母親是不怎麼做午飯的，有些衣服你也自己拿到外面洗。我們常去的那家麵館斜對過，是一家自助洗衣店。週末你把自己的髒衣服用籃子盛了，開車來接我一同去洗衣服。把衣服放進洗衣機，入了錢，我們便到隔街的咖啡館喝咖啡。

那家咖啡館，天冷之時，一坐下來就不願走。坐在臨窗的位置，太陽發高燒似地晒著，把桌子晒成燙手的木頭，幾乎能把人身上的白襯衫燻黃。沿窗種植的秋海棠，她的回憶裏也有我們的踪迹吧！過陰曆年，我說我想念家裏的桃花，你爲我帶來了一盆海棠，翠綠嬌紅，比我所見過的海棠都要來得嫵媚，不知是哪一種的。那嫩嫩的葉子像蔬菜一樣令人感到親切。

咖啡館隔壁是一片健康食品店，門口兼賣鮮花。我們先到洗衣店把衣服從洗衣機搬往乾衣機，然後走到那家商店，站在門口認花名，鳶尾、龍爪、天堂鳥、四姊妹、愛爾蘭鈴、嬰兒的呼吸、天使的眼淚……

我家門口斜擋著一排樓梯，直通樓上。樓梯背面底下種著芥茉、天竺葵、金蓮花、以及一種長白花的植物。含苞待放的白色花朶，唯一的一塊花瓣形如蛋卷地捲起，待開放時即慢慢鬆開。我問你那是什麼花。你說是牽牛花。但我認爲那不是牽牛花。因爲我記得中學時代徒步上學的途中，路旁的牆頭，爬滿了牽牛花。牽牛花是爬藤植物。後來我從書上知道那種白色的花名叫馬蹄蓮，又叫水芋。那是多年後的事了。

許多事情我都是後來才明白過來。

像那回向書會買書的事情。那時我還住在你姨母家那幢房子樓下的單位，門口的信箱經常塞滿由各地寄來的商品宣傳手册、說明書、價目表、優待券等郵件。有一個書會寄來優待讀者的書目，只需付出十元代價，即可任擇其中五本。我立刻寫了支票寄去書會，見到你時，還興高采烈地告訴你我撿了便宜。未幾，我便收到那幾本書。在我快要將這件事忘懷的時候，又收到那個書會寄來的一本我沒訂購的書，要我付錢。拆開一看，是一本精裝偵探小路。我不知道應該怎麼辦。你來時，我們在餐廳坐著，我便把這情形告訴你。

你說：「當時我心裏就想，天下間哪有那麼便宜的事，我以前也上過這一類的當，不過既然你已經付了錢，我只好看看再說了。」

你把我拆開的封套用膠紙重新封密，叫我在上面寫上「寄回原址」的字樣寄回去。

「要是他們又寄回來呢？」我說。

「再原封不動的寄回去嘛！反正他們寄來多少次，你就寄回多少次，絕不付錢！」你有點沒好氣地說完，稍微用力的把那本書往餐桌上一拍。

厚達兩寸的精裝書，被你那麼一拍，發出極大的聲響。

我心裏一陣委屈，站起來就往後面的房間跑去。正要摔上門，你趕了過來，從另一邊頂著。爭持了一會兒，終於被你闖了進來。我哭著用手打你，又用脚踢你。我從未對一個人發過這麼大的脾氣。你長年在船上做粗重的工作，力氣當然很大，一抓住我的手腕，我便一點力道也使不出。我擺脫了你坐在牀上大哭。

你挨著我面前的牆壁坐下，伸手握住我的手。一段沉默之後，你跟我說了許多話。我第一次聽見你用這種略為有點憂傷的語氣跟我說話。你說你並不是對我生氣，而是氣那些奸商，為什麼要用這種行為來欺騙我，想起來心裏覺得煩悶；你長大的環境跟我不一樣，你雖然也有個好家庭，但是因為貧窮，你可說是在陋巷中長大的，而且你是男孩子，自小又喜歡在外面跑，幾乎什麼都看見過。我卻不然。我自小就生長在極端受保護的環境裏，閱歷既少，思想又單純，那些奸商，絕不是我所應付得了的，而你最不願意的，就是看見我受到傷害……

我又哭了起來。

「怎麼？還在生我的氣嗎？」你說。

「我恨自己糊塗。」

你嘆了一口氣，「你不是糊塗，只是年輕。」

緊緊的握著我的手，你說：「我還能再來嗎？」

我一時沒有回答你。

你的手非常粗糙。這是因爲在船上做粗活結滿了繭。而且你經常被魚鱗或魚鰭等刮傷，傷痕癒合後成了疤。有時你還讓我看那些新受傷的地方。

我緊緊握著你的手，心裏覺得很難過。我如何能夠不讓你來？我如何能夠再也不見你？

我不能失去你。

在那房間裏，我們靜靜地不知坐了有多久。淡綠窗簾的竹子圖案，被日光照映在對面的牆壁上，形成竹影，就好像這窗外遍植瘦竹。由於房間向西，光線黯淡，大白天也覺得有個月亮在外頭，那竹影更添了一股幽趣，水藻一般曳在月光深深的地方，許多個夜晚，我躺在枕上望著那竹影聆聽從海上傳來的霧號聲。

你爲哄我開心，說：「我同你看海豹去。」

「你不上船了？」

「今天不去了，」你說。

從我家往西行，太平洋像銀藍的田野一般展現在眼前。我們沿著沙灘朝北走，兩三遊人帶著德國狽犬在玩樂。世界廣大地延伸開去，水在山前面，一層有一層的天地。九月的海風相當溫暖。你說一年之中只有這個月份，海上吹來溫暖的西風。濕的沙深色，乾的沙淺色，可據此推測潮水一度漲得有多高。現在正是退潮的時候，海濤聲中，夾雜著海豹的鳴叫，令人感到動物界的悠閒。鵜鴣和白鷗盤旋飛舞，低飛時其腹部與海的背部相抵，高飛時其背部又似乎與雲的腹部相觸。一片片雲的白肉浮在藍湯裏。

將及海豹石，你說在那附近曾經有七座游泳池，被一場大火燒光了，遺跡尚在。於是我們循路走到游泳池。大小不一的七座游泳池被建於參差的位置，如今都淺漬著一泓死水，水面浮著一層濃苔，池邊有青藍的苔痕，上下池的小梯子銹迹斑斑。有些地方尚可看出曾受火灼。不知爲什麼那場火災之後，經過這麼多年，仍無人來收拾這局面。

我們都忘了原是來看海豹的，只在海邊凹凸不平的岩間攀了上去，又爬下來。逢到險處，你就拉我一把。我誇讚你攀爬的身手俐落，你說你連緬因州海拔五千多英尺的喀坦定山也爬過。據說喀坦定山的最高峰是全美洲每天第一處迎接朝陽的地方。「咯坦定」這個字來自北美洲阿魯庫基印第安族，意謂大山。

一路上不時發現死蟹、水藻、爛木、廢鐵條，甚至舊鐵軌。我還看見汽車的排氣管和輪軸，因爲年深月久，深深嵌進岩石裏，成爲石景一角。不知是否別處車禍的殘骸，被海水沖上這裏的灘岸。

你一直在我前面引路，捉摸好落脚的方位。有一次，你停下來指著一條石英石的石脈叫我看；又有一次，你指著一個石頭裏的黑洞說：「看那個洞！」就這麼一句，並沒有其他的話。我無論如何也看不見你所看見的。

接著，我們進入一個山洞。走不多遠，左手邊是短短一截欄杆，欄杆處的山壁斜斜地凹陷下去，形成另一個小山洞，洞底滿積著沙。原來那裏終年有潮水湧進，日積月累，以至山石腐蝕變形，造成一個天然缺口。那欄杆正是防止進洞的人不愼掉下去的。凭著欄杆，看得見海潮從缺口處間歇湧進，帶著午後陽光的一點金邊。在山洞的範圍內，那水是黑金色的，回到外面才恢復白日下的色調，彷彿也和動物一樣養成了一層保護色。

另外一個山洞深得多，據你估計，起碼超過一百五十英尺。許多人在邊緣地帶略往裏張望一下便走了，但你拉著我一直往深處去。光線隨著每一步減弱，及至伸手不見五指，便如同整個人從周遭的一切抽離。我既感到新鮮刺激，又有點害怕。「不要怕！」你說。你也是第一次到這裏來。不過你從前在美洲中西部，有一個時期很喜歡到那裏的山洞探險。生活在山洞裏的蛇、蝙蝠、和魚，全都是瞎的，而且是沒有色素的白變種。

在全然的黑暗中，我緊緊跟在你後面，越走越深。有些地方從地底傳來咕嚕咕嚕怪異的水聲，彷彿那就是海洋的喉嚨。起初，我聽不出那是什麼聲音。但你說那正是水聲，因爲經過地層的處理，聽起來有些異樣。

摸索著，你忽然說：「這個山洞有一部份是人造的。」

你領著我的手，讓我摸摸旁邊的洞壁。果然，那一大片洞壁極爲滑溜，還有整齊的壁角。

「爲什麼要造這麼一個山洞？」我問道。

「我也不知道，」你說。

山洞並不太寬。這是摸過洞壁之後，加以判斷的。

過了不久，我又聽見你說：「到了盡頭了！」

「是嗎？」

「你還是看不見？」

「看不見。」

「我倒開始看見一點點了。」

原來在山洞盡頭左上角有一個天窗似的小洞，透進一絲光芒。雖然如此，光線依舊極之薄弱。我的眼睛沒你的好，適應得比較慢。

小洞的方向迴響著海洋騷動的聲音。每逢浪潮湧高，就潑刺刺從洞口降下一匹小瀑布。看情形我們約與水面平齊。

你說：「怪不得這山洞這麼潮濕，漲潮的時候，大概整個被淹沒了。」

我們背靠壁脚，依偎著坐在一起。漸漸的，我也稍能辨別黑暗中山石的形狀。由於潮濕的關係，雖然穿著夾克，仍不免感到一點寒意。我們坐在那裏看著那扇小天窗降下一匹又一匹閃爍的瀑布。那些來自陽光世界的瀑布，像一把又一把金色的箭，從天而降。偶爾來個勢強勁猛的，總會嚇我一跳。瀑布與瀑布之間，山洞周圍老是發出一種響亮的絲絲聲，大概也是經過自然環境歪曲的水聲。我起初還以爲是蛇。你也有些懷疑。但我們兩人的身上都沒有火柴或打火機，無法察看。緊張了一會兒，才大致明白是怎麼回事。

山洞中充滿各種稀奇古怪的聲音。

有像我們一樣闖進來探險的人，由最前面的人燃著打火機，一個牽一個小心翼翼的前進。從暗影裏望去，那火光顯得異常強烈，把人的影子一大張一大張貼滿洞壁。山洞裏黑影幢幢。

「他們看得見我們嗎?」我悄悄問你。

「看不見的,」你在我耳邊說。

我回頭望了望那些闖入者,只覺得自己也在那小小火光的包圍下,實在無法相信你的話。

「他們眞的看不見我們嗎?怎麼我覺得好像被他們看見了似的?」我又說。

「看不見的,」你說。

一個女人歇斯底里的尖聲嚷了起來:「我們在哪裏?我們在哪裏?」

前面領導的人大聲道:「緊緊抓著!不要放手!」

其餘的人開始七嘴八舌地你一句我一句。整個山洞突然充滿嗡嗡的回音。

從暗裏看明裏的人處身於黑暗中的種種姿態,聯想到自己適才狼狽的情形,我不禁暗笑起來。

沒有外人的時候,我們得以自由地交談,彼此說著過去的事情。你叫我猜一個在海中誕生的希臘女神,我猜不出來,你就輕輕吻了吻我的手背,作爲給我的提示。

「維納斯,」我說。

我只看見一點點極淡極淡的你的影子。在那黑暗的山洞中,就著那一點點影子,跟你說話,我感到如此地與你憂患與共。我再也不感到害怕。那眞是一種無敵的感覺。我覺得這一刻,我們這樣地在一起,在人類的歷史上永遠不會重演。

從山洞回到外面的世界，乍然面對赤裸裸的明亮，我們幾乎成了瞎子，連眼睛都睜不開。還是你先適應，拉著我的手慢慢走。走到一個岩堆，前面不遠似乎又有一個山洞。

「我們快去看看！」我興奮地說。

你望著我笑起來。

然而，潮水逼上來時，岩堆間的沙地整片遭到泛濫，我們的下身全濕了。潮水往後退的力量又極大，狠狠地把我們往外扯，於是忙找了塊岩石棲身。

你說這種情形極端危險，潮水潛力無比，非想像所能及，隨時可將人捲起撞向岩石。潮的進退之間有一段短促的時間，恰恰容你飛快地越過沙地，到那洞口探看一番。回來時你說：「不是什麼山洞，一眼見底。」

我們就在那塊安全的岩石上坐著。海面上一寸光，就是一寸影，隨著日頭移動，一寸寸都歆成斜斜的尺。

你瞇著眼睛指著遠方：「那是我朋友的鮭魚船。」

我順著你手指的方向眺望，極盡目力，也看不見任何船隻。

「捕鮭魚的季節快結束了，」你又說。

每年五月初至九月底是忙碌的鮭魚季節。那正是鮭魚離開海水游向淡水之際。已進入淡水的鮭魚，其肉失去鮮美的味道。據說鮭魚能以本身的官能感知季節，回到牠們出生的水域，產卵然後死亡。新生的魚苗復順流而下，茁長於海洋之中。這種富於奮鬥精神的魚類，能夠跳越十尺高的瀑布，戰勝激流。縱使離家二千里，亦能通過本能追踪故鄉的氣味，溯游而上，返回出生之地。

你告訴我一次你隨朋友出海捕鮭魚的經歷。那天黃昏時分，你們正在甲板上休息，忽然，無聲無息地，從深海冒出十一條大海豚，團團將你們的漁船圍住。你們皆爲之一驚。海上風平浪靜，夕陽的餘暉，照耀在十一條海豚可愛的、圓圓的背上。這些智慧而善良的動物，如同認識你們一般，在向你們默默致意。你望著牠們，嘗試去體會牠們的來意，忽然像是領悟了什麼。半晌之後，牠們仍舊無聲無息地潛回海中。

這一次經歷對你來說具有福音之美。

「聽你這麼說，我將來也要跟你們出海打魚了。」我說。

「好啊！」你笑道。「那麼你替我們的漁船改個吉利的名字吧。」

我們一邊說笑著，一邊爲漁船改了一個又一個有趣的名字。

你考慮稱她爲海豹號。因爲你從前聽過美國歌手及作曲家哥頓博克根據海豹神話編成的歌謠，留下深刻的印象。自此你對海豹有一份特殊的親切感。

長年冰天雪地的北國視珍貴的白海豹爲純潔的象徵，你說。好奇的海豹喜歡游近有人聲或音樂的地方。圓圓的頭以及明亮的大眼睛，突然在船隻附近悄無聲地冒出水面的習性，使牠們增添某種屬於半人獸動物的神秘氣質。希臘神話中除了提及海神普西頓飼養一群海豹外，並未就這種動物作更大的發揮。這可能是因爲海豹與地中海民族的生活未曾發生更密切的關係。以海豹爲糧食、衣服及燈油的來源的國度，則流傳著無數與之有關的信仰和習俗。

愛斯基摩人相信海豹誕生自女神薩娜的手指。在巴芬島及哈得遜灣一帶，宰殺海豹與殺人同罪。犯人須遵從若干禁令，譬喻不可從窗門刮霜，不可清理燈的油滴，不可搖動眠牀、刮獸毛、或以木、石和象牙等材料作工。婦女則不可梳頭洗臉，否則女神薩娜的手指必令她產生痛楚。

西伯利亞的堪察加人在進行海豹狩獵以前舉行模仿儀式，祈求成功。他們以草包作爲海豹，把船隻的小模型拖曳過沙地。

白令海峽的愛斯基摩人相信海豹的靈魂棲息於調節身體浮沉的氣泡之中。只須把氣泡歸還大海，其靈魂便得以化身爲下一代的海豹，供人捕獵。獵者們把一年內所得之海豹氣泡謹愼保存，於一年一度的冬季慶典舉行祭奠儀式，以食物及舞蹈向其致祭。他們聚集在大禮堂中，將氣泡繫以細繩，拉扯細繩使其舞動，並且圍繞氣泡模仿海豹的動作起舞。接著，由巫師高舉大火炬跑到戶外，參祭者用魚叉挑著氣泡尾隨其後，將氣泡塞入冰底。棲息於氣泡中的海豹的靈魂遂得以復生。

據說時至今日，白令海峽仍有海豹皮製的船隻航行其上。

格陵蘭島的人避免破壞海豹的頭骨。他們把完整的頭骨置於門旁，使海豹的靈魂不至犯怒，而嚇跑其他海豹。

相傳海豹皮與潮汐之間有神秘的默契，能感應潮退而起皺紋。神話中的海豹居住於以珍珠和珊瑚建成的宮殿。由牠們化身的魚，有著綠色的髮和綠色的鱗。牠們亦能化身爲人。

冰島、蘇格蘭、愛爾蘭以及其他受北大西洋沖洗的地區，相傳有海豹人出沒。在法羅羣島，海豹人每九日上岸一次，到一個秘密所在，徹夜舞蹈。

假如你撿得一塊海豹皮，它的主人將一直跟隨著你，直到得回她的皮。她甚至願意留下來做你的妻子。海豹化身的女人，指間有膜，手掌粗糙，呼吸緩慢，生殖力強旺，喜歡游泳和潛水，懂得醫術及接生，有預知未來的能力。儘管她是個好妻子，她最愛的還是海洋。那塊皮你要小心收藏；一旦被她發現，她便會離開你，回到海洋去。

海豹化身的男人是天下間最好的丈夫。他消除你對錢財的貪慾，對死亡的恐懼，給你安寧。但是，縱然你把心都給了他，你也得不到他，留不住他。他還是要離開你，回到海洋去。

●

除了一年夏天我回家渡假，其餘兩年暑假，我幾乎天天在漁港渡過。在此之前，我也常隨你到漁港去。雖然你每次都答應我一兩個小時便送我回家，但你沒有一次實踐諾言。只要到了漁港，你東逛逛，西盪盪，一耗就是大半天。你在那裏，完全是如魚得水。隨便在道上碰見一個漁夫，你就停下來跟他們聊得忘了時間。你無事也喜歡上你朋友的漁船閒坐坐。人家修個浴室，裝置什麼新儀器，你也要去看。你說這樣才能學得到東西。他們多是在船上居住的漁戶，漁船裏面就是個小型的家，樣樣俱全。你帶我去參觀你喜歡的漁船，把我介紹給那些漁民，其中一個冒失的說：「是你的妻子嗎？」你望著我只是笑。

你的漁船，船樓包括小小的起居間、廚房、厠所、船長艙、駕駛艙。底下那一層，船頭那一部份——也就是駕駛艙正下方——就是船員艙，有四個窄窄的寢位。面向船尾，先是機艙，再過去便是冷藏庫。冷藏庫的庫頂有出口通到上面甲板。第一次看見你時，你就是從那裏探出頭去的。船的表面有一支主船桅、前桅支索、後桅支索、桅頂的橫桁、兩支繫轉輪線的軸竿、以及其他的繫泊裝置。

我幫你做一些簡單輕便的工作。穿著你那件淺藍色髒兮兮的工作服，袖子和褲管都捲了起來，腰身又鬆又垮，顯得個子小。

機艙到處膩著機油，加上光線暗弱，走動時須格外小心。我戰戰兢兢地左攙右扶，笑道：「在你這兒簡直是出生入死！」你笑著說：「這已經算是出生入死了？等你將來到了大海上，就只有入沒有出了！」

你說要把機艙地面的廢物及吸滿油污的舊報紙清理掉，重新鋪一層乾淨的報紙。我們避開艙房中央的發動機，把一張張報紙嘁哩嚓啦展開來平鋪。我一面鋪，一面不覺開始閱讀報上的文字。你那邊突然沒了聲息，原來也在讀報。讀到妙處，我們互相唸給對方聽。後來我說：「喂，有漂亮的女人，你來不來看？」你忙跑到我這邊來。結果我們什麼都沒做，光是四肢著地的趴在地上，就著那昏黃的燈光看報，大概一年之中也沒看過這許多報紙。

拋開冷藏庫庫頂的出口，白白的天光照滿魚庫。你將一個鐵桶倒過來，讓我坐在上面，從一本指導書朗聲唸出每一項指示。你按照我唸出來的指示敲敲打打，把各種零件拚湊成一副機器。

上面有人叫你，你出聲應了。只見史提芬從駕駛艙那邊的梯子下來，一看見我便跟你打趣說：

「你在哪兒找到的？」

史提芬是個大塊頭，身軀肥胖，滿臉絡腮鬍，自然鬈的頭髮使他於粗獷之外帶點嬰兒的幼嫩。他是種族歧視極深的人，對你卻另眼相看，很是信賴，女朋友方面有什麼煩惱也前來找你訴苦。他出海捕魚，喜歡有女人在身邊，一度在報上徵求女助手，聲明要求「充實的女人」。他現在的女伴瑪麗當時看見這段徵聘廣告，也不管什麼叫充實的女人，往脚踏車上一跨，騎著就來應徵。史提芬把她上下看了看，滿意地說：唔，很充實！自此瑪麗便跟他在一起。直至現在仍有人取笑史提芬：

「史提芬呀，什麼叫充實呀？說來聽聽！」史提芬腆著大肚子，略顯忸怩地走了開去。

有一回，他在舊貨攤子以低價得了一柄強力電鑽，被你看上了。其實他自己已經擁有一柄，因爲看這個實在便宜，所以才買下來。你卻正需要那樣的一柄電鑽。你叫史提芬以稍高的價格轉讓給你，叫了幾次，史提芬總是不太捨得。

那一陣子，你每看見史提芬，就攛掇他道：「史提芬，我讓你賺五十塊錢，成交之後，再請你吃意大利餅，怎麼樣？」

史提芬一味咿咿哦哦地支吾著，八著脚步，搖著頭，像一隻覺得這裏太乾旱的水鴨似的踱回船上。

然而，因爲外面的電鑽委實過於昂貴，你不肯放過他。一看見他，還是笑容可掬地說：「史提芬，五十塊錢，另加一頓意大利餅，很充實的意大利餅啊！」

黃昏灰雲滾滾，海上吹著大風，我們坐在堤緣的木樁上，沒事就朝著史提芬的漁船喊：「史提芬，五十塊錢，一頓意大利餅……」

有喝得半醉的漁民，看見我們在叫，也過來湊趣亂叫一通。

史提芬縮在船艙裏不敢露面。

我對你笑道：「現在史提芬一定天天晚上夢見五十塊錢和意大利餅，好可憐！」

終於有一天，史提芬揮著手說：「好了好了，我讓給你就是了，我再不吃了那塊意大利餅，就要被那塊意大利餅吃掉了！」

那天晚上你多邀了幾個朋友，我們一行人浩浩蕩蕩的去吃意大利餅。

又一天，一大清早，史提芬雙手揷腰，叉開腿站在甲板上，對岸上的人說：「好可憐的賊啊！你們聽說過這麼笨的賊嗎？到我的船上來，多少貴得可以教他發達的儀器他不偷，偏偏偷了我那破破爛爛一錢不値的電視機，我還正打算扔掉它買部新的呢！想必是個旱鴨子吧，船底下起點浪，他就暈頭轉向，抓著什麼拿什麼，可憐的靈魂！」

你路過時，向他叫道：「史提芬，你別可憐他，我的那些車輪和救生球，大概是他偷的。」

你那些作爲船舷和木樁之間的軟墊的車輪，和橙紅色的救生球，常被人偷去。

整個港口，以瑞典籍夫婦菲力和羅拉的漁船航海力最強。他們是經驗豐富的漁民，去過許多地方捕魚，遠及阿拉斯加。

你希望將來有機會參加阿拉斯加的捕鯡魚行動。據說這個前後僅僅持續約七小時的捕魚作業，場面十分熱鬧壯觀。此種鯡魚的魚汛期極短，捕魚區又非常狹小，獲准捕魚的有四十多艘漁船，競爭相當劇烈。將魚獲全部出售嗜食鯡魚卵的日本，可得豐厚利潤，捕魚權亦因此極爲昂貴難得。

我希望有一天和你一起坐漁船環遊世界。

有幾天你向菲力學習捕蟹方法，每天上他的漁船向他請教。菲力相貌斯文，舉止雅重，單從外表判斷，絕對猜不出是一個技術高超的漁夫。梭沙立多的漁民當中你最敬服的就是他，尤其因爲他什麼都肯講，不像當地有些漁民的秘技自珍。當初就是他教你打繫泊的繩結的。他用一種約半公升容量白色帶蓋的塑膠罐子捕蟹。像這樣的罐子在甲板上堆成一堆。

你和菲力談論各種捕蟹問題，我就坐在船舷上看菲力的妻子羅拉編織繩索。膀子粗的繩索編結起來相當吃力。其中一個過程是把螺絲刀插住兩股繩索間，將其分開。這樣做必須有藉力的支點。羅拉曳起上衣，露出白白的肚皮，將一個塑膠碟子反過來蓋在上面，插在褲腰間，再把螺絲刀的尖端抵住碟子的底部，藉以使出力道。這樣做著，她自己覺得很滑稽似的笑了起來。

有著北歐膚色和笑聲爽朗的羅拉，活潑明麗。有一次我們在堤上漫步，看見她的漁船從漸暗的海上歸來。暮色四合，飄著幾滴陰雨。漁船已經上燈。羅拉身穿黃色的防水衣，頭戴一頂白色的毛織帽子，手拈船纜一端，立在船頭，在噗噗的馬達聲中漸漸靠岸。風吹得她的衣衫拍拍的打著她的身軀，彷彿那就是那艘船的帆。黃昏在她身後像早晨一樣升了起來。

你在岸上大聲問她這一次的魚獲。

我們自己也作小規模的捕魚，由我從船尾垂下釣絲，以魚肉作餌釣魚。只要釣到兩三條小魚，午餐便解決了。運氣好的話，可以釣到大條的鯖魚。你多半做你自己的事情，偶然才和我一起垂釣釣著魚，我總是問你一些愚蠢的問題，譬如說：魚爲什麼不能倒退著游？

船上有烹調的工具及作料，但我從不肯剖魚，每次都由你負責。你剖魚的功夫十分純熟。我想起小時候聽過大人們關於吃魚的一個迷信，認爲如果將魚翻轉，海上便有人要翻船。迷信歸迷信，到底沒有切身關係，照樣將魚翻轉吃另一邊的肉。現在我自己吃魚，必定設法挑去魚骨，無論如何不翻魚身。看見別人翻魚身，心中便緊一緊，覺得不自在。

夜晚的漁港漁燈點點，每一艘點燈的船都有一種宮殿的意味。那波光水影，彷彿是海底的龍宮透出來的隱約的燈光。每當微風像要把海水吹涼似的吹一口氣，整個海便徐徐地摺了一摺。我們躺在船橋上數星星。亮晶晶的星星像一些閃光的白石，散佈在黑色的沙灘上。第一幅航海圖就是根據星星完成的。

你說：「從前的人看見星星聯想到牛郎織女，現代人看見星星就聯想到星球大戰。」

在船上過夜，徹夜聽見異響。船纜刮著船緣，或者纜繩的纖維產生變化，發出在舊樓板上走動一般的聲音。我睡覺的地方是船員艙中的一個寢位。緊貼著船壁。有一種「波、波、波」脆亮飽滿的聲音，不斷在耳旁迴響，就像有一條龐大的魚起勁地吻著這條船，「波」的一下，又「波」的一下。

我第一次聽見的時候，吃了一驚，問道：「這是什麼聲音？」

你說：「是海水拍打著船身的聲音。」

「眞的？怎麼會是這樣的？」我覺得不可思議。

水聲似乎是永遠也說不完的。閉上眼睛，古老的搖櫓聲撥開繁密的蘆葦叢，悠悠盪入夢中。早晨的漁港非常寧靜，淡灰的霧愁一樣的輕壓著港灣，不時聽見水禽撲翅的聲音。李察遜灣彼岸的蒂布朗、貝佛第爾、以及更遠的安吉爾島，漸次顯露出蒼黑的山形，如同黑色的帆，緩緩自水底升起。站在堤上眺望，一片大船桅像船骨似的，被風啃得細細的。現代的漁船不再需要帆了。第一次世界大戰，商業帆船已然銷聲匿跡。沒有帆的桅竿，就像沒有旗的旗竿一樣，看起來總是有點寂寞。

這世界的造船史也就是一部船帆由升起到降落的歷史。如今的船桅，其作用限於無線電天線、信號燈、旗柱、卸貨用的支持等。船的建造比船帆更是遠昔的事情。據說太古的人類自浮在河川上的木片有所悟得，從而意識到水上交通工具的可能性。遠在金字塔出現在埃及之前，已有船隻出現在紅海的水面上。公元前五千年地中海和波斯灣已有船隻航行其上。

我想，若不是船帆的沒落，我們大概還沒有領略到船桅之美吧！也許，對於某些人來說，船桅的姿形是過於蕭條了。它不像船帆的也有豐滿的時候。

有時我夢想著自己是你的妻子，在漁港目送你的漁船出海，視覺的幻象中並沒有鼓盪的風帆，有的只是瘦竹似的船桅，在我心上投下長長的黑影。

船桅的尖端是整條船最高的地方。一條船無論向哪個方向行駛，它永遠是最後從地平線消失的部位；一條船無論航過多少海里，它所經歷的路程都最長。這一切無非因爲地球是圓的。

但是，你是否發覺到，地球有時是平的，而且你已經走到了盡頭，若再往前去，便要失去整個地球？

我來到漁港，走到梭沙立多的海岸線，彷彿也走到了世界的盡頭，不能再往前跨越一步，只得任由漁船把你帶走。

我們在漁港渡過的那些日子，註定我們日後必須分離，是否因爲我們都發覺到，你所屬於的世界，永遠不能眞正屬於我？看著你和其他的漁民談天、說笑，我也曾有過失落的感覺吧。在人前，你從不對我親熱，甚至也並不對我特別照顧。我知道這於我是好的。然而，我看不透你的心房的明室與暗廈。

我畢竟不能留住你，像海洋一樣的留住你。

你是海洋的市民，而我不是，這就是我們不同的地方。

長久以來，我思索著生命的中心的問題。

我以你爲中心，在你周圍創造了一整個世界。我說，要有海，就有了海，我覺得海是好的，就把海和陸地分開。我說，海中要滋生有生命的物類，水面要浮載美麗的漁船，事就這樣成了。於是海中有魚羣游動，水面有漁船漂盪。這一切我看著是好的。

而你是遠方的旅人，來到上帝所創造的世界，看見了海，就覺得海是好的。於是你指著海洋說：「我的心在那裏。」

●

小時候，我問我母親，一個人出生之前，和死了之後，是不是一樣的。我母親說：「在精神上應該是一樣的。」當時我想，既然我並不懼怕出生之前，自然也不必懼怕死亡之後了。自此我以爲我已擺脫了死亡的恐懼。

我認識你時，你父親已故世三年。你深深悼念著他。在你父親的忌日，我們買了鮮花和點心前去上墳。你家中只有你一個人紀念這日子。墳場在遠離市區的一片高地上，草坡相連，外貌大同小異的墓碑整齊排列。你抽出小手刀割除你父親墳前的長草。因爲在漁船上的工作的需要，你經常把小手刀佩帶在腰間。離墓碑咫尺處，從泥地裏伶仃地長出一朵罌粟花。

你母親雖然尚在人世，墓碑却已經準備好了。與你的父親的墓碑是從同一塊大石打造出來的。除了空著相框和卒期，其他字樣都已鐫刻齊全。舉目四顧，墳場中有一小部份其實都是生者的墓碑。

你說你想起從前去過的一些墳場，墓碑各有各的樣貌，從其中可感到生者對死者的追思。這些饒有人間味的墳場，座落於離市區不遠處，平常散步亦可走到，只覺死者仍活在生者中間。人們可隨時探望死者的墳墓，在墳前默想，與那些逝去的人共同渡過一個下午。那時你很喜歡到墳場散步。現在的許多墳場，不但墓碑趨於雷同，而且總是在一些冷清清人迹罕至的所在，把死者和生者遠遠地分開。其實生死何嘗隔得這樣遠。

輕風暖日，天空是淡白的藍色。我們坐在墓前的草地上吃著作過供品的肉包子，談著兒時的往事。你說中學時代的國文課本有一篇詩經小雅的蓼莪，至今仍能背誦全文，每次都深有所感。你父親對中國文學有專才，可惜時運乖蹇，未能發揮所長。然而他從不以此自苦，常跟你說：讀書人所學何事，但求心安而已。他帶你到郊外的河裏釣鱒魚。釣了魚，就在河邊搭起鍋灶煮魚粥。你以後再也沒嘗過那麼鮮美的魚粥。

你六歲時，你父親當了一個時期的輔警。有一天晚上，你母親爲了等他下班，帶你去看晚場電影。是一齣恐怖片。你嚇得躲在椅子底下不敢出來。那之後幾年，你老是夢見自己在一間正在燃燒的屋子裏，被一隻渾身火紅的怪物追逐。屋子裏有一個水喉。你以那個水喉爲目標拚命掙扎，可是每次將要成功之際，總是累得筋疲力盡的醒來。這惡夢繼續困擾著你的童年，直到有一天，你使出最大的氣力，抓住了水喉，把水喉扭開。那怪物剛巧伸過手來，手指淋到了水，嗞嗞嚓嚓的一陣響，就這樣被澆滅了。你再也沒有做過這個夢。

有一年中秋節，你父親教你背誦蘇軾的水調歌頭。

你問你父親說，月亮有陰晴圓缺，那麼太陽呢？太陽是不是也有陰晴圓缺？

大概沒有吧，你父親說。

爲什麼月亮有陰晴圓缺，太陽沒有陰晴圓缺呢？你又問道。

你父親說，月亮有陰晴圓缺，是我們親眼看見的，而太陽嘛……也許人類對於太陽遠不如對於月亮的了解吧，因爲太陽太遠太熱了。

那時候你以爲太陽和月亮是同一個，早上穿紅衣裳，晚上穿白衣裳。

你父親口述自己的生平，由你代筆，寫至「得一兒，欣喜過望，日夕以弄兒爲樂……」，你忍不住泫然淚落。你想到父親對你的養育之恩，山高海深。

「往事已成塵，功罪安足論」——這是你父親囑咐你鐫刻在墓碑上的句子。我望著那兩行字，不禁心中一陣茫然。

你父親跟你說過，我們其實是追隨先人的足跡而來的。當年的淘金夢至今仍在我們的血液裏流動。隨著十九世紀中葉淘金熱的掀起，大批華人遠越重洋，踏上新土地，開墾、築路、掘礦、淘金。其後國事蜩螗，更有多少人避亂來此。這一切都只是爲了一個求生的信念。你父親叫你不要忘記自己也生在亂世，要老老實實地做人。

亂世的人，愁深似海。

你雖以亂世的人自居，但你比你周圍的人都安穩。我一直找尋著那一股使你安穩的力量。

但願在現世之中，我能夠安安靜靜——過年了，走到市中心，許多人把過去一年的日曆紙撕成一片片，從窗口拋落街頭。我仰望著漫天徐徐飄下來的、破碎的日曆紙，許下了這樣的心願。

那年冬季裏的一個早晨，家裏響起了叩門聲。我去開門。你站在門外，說：「我們到海邊去。」

一路上你都沒有說話，只是默默地走著。我也無言地走在你身邊。你好像非常不快樂的樣子。海邊風大，你把身上的大衣脫下，分出一半，裹在我身上。我們在二十世紀末期的大風中相擁而行。

海灘很髒。微褐的泡沫被潮水帶上來，積在沙上久久不化。

「那就是海水污染，」你說。你踢了踢腳下小白蟹的屍骸，「這些生物也不能在海中生存了。」

每次你來這沙灘都感到吃驚。十多年前，當水線還沒有那麼高的時候，這沙灘曾經給你留下可愛的印象。然而，今日看來，連形狀也有些改變了。水線增高，冲上岸來的穢物也就更多。短短十幾年間，居然變得如此醜陋，實在是人爲的災害的明證。

也許有一天，這世界再也不適合人類生存。

在航空公司工作逾幾十年的老臣子告訴你說，幾十年前的飛機，機窗很久才換一次，不像現在，飛一兩次就要換，因爲空氣汚染，機窗受損的程度很嚴重。

假如人類絕種，世上將佈滿昆蟲，你說。昆蟲的繁殖率比人類超出二十倍。

你相信人類堅強的生命力，但是，現代人的所作所爲都帶著末日的感傷。

由於風大，雲霧散盡，向西方眺望，約三十里外法拉龍羣島的輪廓依稀出現在海上。那是由一個大島、一個北島、以及一些小島組成的羣島，被列爲禽鳥及野生動植物保護區，長年在雲霧的籠罩中，非輕易可見。大島上還有一座燈塔。夜晚明亮的燈塔，對漁夫們來說是一個可愛的景象。他們經常把漁船駛到那一帶夜泊，翌日清早起來打魚。

前天晚上，你的一個朋友在海上捕魚，沉船死了，你告訴我說。

那艘船船底的內部有一大塊已經腐爛，然而，在外殼的掩遮下，誰也不曾察覺，一直也平安無事，想不到就在這一次出了意外。前天晚上，你朋友把漁船開到遠處的水域。海上起了大浪，部份腐爛的船底經不起凶猛的水勢，被海水湧了進來。船馬上就開始下沉。你的朋友和他的伙伴穿了救生衣，希望能遇到過往的船隻，可是，在海水中漂流了四個小時，始終未被發現。他們就這樣凍死了。

人在凍死之前，會產生奇異的幸福感。那種融融的溫暖的感覺，令人恨不得排除身上的一切羈絆，擁抱死亡。你朋友臨死極可能經歷過這種現象。他身上的衣服有用手撕裂的痕迹。他可能也想脫去救生衣，但救生衣的繩子被衣服纏住。其時他的氣力已經所剩無幾，不然他就不是被凍死的，而是被淹死的。

他是你被海洋奪去生命的第二個朋友。你以前有一個朋友，在裝置捕蟹罐的時候受到大白鯊的襲擊，受傷死亡。當時他的人浮在船邊，下半身浸在水裏，上半身露出水面。突然從海裏竄出一條大白鯊，將他攔腰咬住。也許牠不喜歡潛水衣的味道吧，牠馬上鬆了口。然而，待你的朋友被船上的人救起，已爲時不及，他終於流血過多而死。

你的朋友的死亡，也許使你聯想到自己將來也會死在海上。

「你怕死嗎？」我說。

你沉默了片刻，道：「對生既然有恐懼，對死自然也有恐懼了。」

「我眞希望我不怕死。」

「我只知道我不願意像我的朋友一樣，也死在海上。將來我年紀大了，總是會回來的。」

「既然喜歡海洋，何必還要回來？」

「生前在海上漂流，死後就不要再漂流了。」

一小隊磯鷸在濕沙上迅速跑過。若非海潮的喧噪，或可聽見牠們脆薄的笛音似的鳴聲。那些體形比知更鳥還要小的磯鷸，走路像跑步一樣，跑起來上身不動，光是兩隻小脚飛快地交錯而行，十分可愛。沙灘上，海鷗的爪印以及脫落的鳥羽，隨處可見。

我們一邊走著，一邊拾海膽。這種灰白色，形狀像一塊錢幣的棘皮動物，生活於淺沙之中，備受浪濤擺佈，所以完整的海膽不容易找到。海膽的正面是排列成星型的呼吸管，反面那微凹的葉脈似的紋路就是食道，負責把食物引導至中央的小洞，也就是海膽的口。我們每次到沙灘來，不撿貝殼而撿海膽，好不容易才撿到一個有五支呼吸管的。那是已經長成的海膽，甚爲難得。

後來你拾到一片淺藍色半透明的破玻璃片，上面有這樣的字樣：FEBRUARY 21, 1906, IN U. S. A. PAT. OFFICE.

我們都暗自詫嘆。一九〇六年正是這個城市發生大地震的那一年。這七十多年來，這塊玻璃也許一直在海洋中打滾。玻璃的邊緣圓溜溜的十分光滑。現在像這樣又厚又結實的玻璃已不多見了。

一九〇六年四月十八日凌晨五時許發生在這個城市的大地震，引起普遍的恐慌，洛杉磯西雅圖陸沉、紐約焚燒、三藩市整個被吞沒等謠言滿天飛。有人相信世界末日已經降臨。這一次是美國史上最嚴重的一次大地震，死亡人數一般記載爲五百，事實上不止兩千。

自從我來到這個城市，就感到災難發生前的壓力，刻不離身。座落於聖安德烈斯斷層附近的三藩市，地震的可能性並不是一件遙遠的、不可想像的事。對於地震的恐懼感，已經完全化入此地居民日常生活的感情纖維之中。日復一日，他們在懸疑的不安中生活著，不知道災難什麼時候降臨。

曾有一個時期，我把家裏所能找到的瓶瓶罐罐全部儲滿了水，以備不時之需。家裏大多是玻璃罐。雖然明知道塑膠罐比較好，却又未至於特爲買些塑膠罐回來。我只是不徹底地爲自己不可靠的生存盡盡人事。我因爲怕你取笑，一直不敢告訴你。我原是這樣膽小無用的一個人。我想我實在是有點怕死。

「你知道災難發生的時候，最可怕的是什麼嗎?」你問我說。

「我不知道。」我說。

「最可怕的是人。那時候，誰是人，誰是獸，馬上就可以分得很清楚。有人爲了一滴水自相殘殺，穿著軍服假公濟私，趁火打刼的更不知有多少，所以你千萬要小心謹愼。」

有人預言不久的將來，這裏將再度發生大地震。

全長七百五十餘里的聖安德烈斯斷層，自加州西北沿海岸地區伸展到加州東南近墨西哥邊境處，乃美洲地殼與大西洋地殼之間的部份邊界。在過去一千五百萬年間，加州海岸連同大西洋地殼已向西北移位一百九十里。現在沿著這條斷層，每年平均約有二至二又四分之一寸的變位。一九〇六年三藩市發生大地震，就是因爲大西洋地殼突然向北移位十八尺。其時，電源斷絕，全城陷入黑暗之中，地層搖撼，馬路像波浪一樣翻騰，樓房倒塌，鐵路傾覆，沿岸樹齡高達兩千年的紅杉歪頹在地，大火焚燒四日……

我想，那一定就是世界末日一般的感覺。

可蘭經這樣形容世界末日：「……太陽摺疊，星辰墜落，山巒搖撼，海水沸騰……」

你看過之後說：「詩有時比事實更眞。」

到唐人街途中的行車天橋上，曾經看見的那一幅絕美的城市景觀，忽然又掠過腦海。這個嬌媚華麗的城市是否也會像一千九百年前的龐貝古城，毀於一旦？

我想到人與最愛的事物始終還是要分離，不覺有點悲傷起來。

你叫我災難發生時，不要驚慌，儘快逃到空曠的所在。假如時間上來不及，當選擇有支柱的地方躲避，如門框底下。事後不要忘記關閉煤氣管，防止火災。將來你會給我一把扳鉗子作此用途。所有的容器都要盛滿水。你叫我牀頭的牆壁不可懸掛重物，牀頭附近也不可放置書架等有相當高度的傢俱。

「沒有什麼比食水更重要，」你說。「若我們兩人之間的食水，只足夠一人飲用，我一定會讓給你。我自己會照顧自己的。」

「你知道怎樣尋找食水嗎？有海洋的地方，總有河流，因爲這世界的溪河都是從山上流下來，再流入大海的。那時候，也許只剩下你自己一個人了，無論如何，你要努力求生。只要沿著海邊，從這裏一直向南走，總有一天會走到河流滙入海洋的地方。河流會將你帶到水源的。」

你握著我的手，如此爲我的生存擔憂。我胸中充滿了一種悲壯之感。我覺得自己甚至可以屹立於末日的餘灰之中，安安靜靜，沒有眼淚。

你答應我，無論你在什麼地方，你都會立刻趕來；我們若失散了，你就沿著海岸到南方尋我。那時我們就在海邊相遇。我也答應你，假如我沒有了你的消息，我便獨自駕舟，飄揚出海，到天涯海角去尋你。這就是我們之間末日的盟約。

那天我們在海邊，在二十世紀末期的大風中，說著不著邊際的夢話，將災難變成美麗的神蹟。或者你急於答應我一些什麼。不然，爲何你忘了提醒我，這一切不過是一場空，說過之後就算了？而我總是以爲，所謂盟約，原是天長地久的。

與你在一起的最後一段日子，我所感到的絕望與無奈，使我甚至渴望災難的降臨。天崩地裂，水沸山騰，毀滅你的漁港，你的漁船，你所愛的一切，把你交還給我。

我竟不知道，我當時所渴望毀滅的，竟然就是你。

如今，讓我在心中，把你交還給大海，把你的漁船，交給我看不見的遠方，讓如飛的歲月，帶你走遍千山萬水。

來日大難，也許我和你都化成了灰。

●

我在大學裏的第三年學期末，你的表妹結婚了，我居住的單位被收回作爲新婚夫婦的居所。我搬到另外的住處。就在此前後，你的漁船出海了。

你辭去航空公司的職位，專業從事商業捕魚，每次出海或兩三天、或十多天不等。你出海前，往往通知我一聲。我已學會駕車，取得駕駛執照，買了一輛便宜的二手車。你要是作較長期的遠洋捕魚，我總是駕車到漁港給你送行。我立在岸上，看著你的漁船遠去。就好像漸漸失去你一樣，心裏說不出的難受。

出海的時間很難算得準。有時我到了漁港，你尚未完成準備工作，忙來忙去，也沒時間答理我。我無聊地到處走走，餵海鷗吃餅乾，有幾次等了許久。你叫我不要再去送你了，反正你來來去去的，送不送都一樣。但我不肯。我說我喜歡漁港的送別。

你的漁船還是叫做「克莉斯汀」。因爲在漁船準備就緒的時候，正值繁忙的捕魚季，你趕著出海，換名手續便暫且擱下。在你航出某個水域以前，我可以借用其他漁船的無線電與你通話。其實我也沒有什麼要和你說的，不外是囑咐你小心，祝你好運這一類說過又說的話。

我過著長時間沒有你的日子，每日都想念著你。在路上走著，也會停足觀望天空。天空無雲，海上必然大風，因爲雲都被風吹散了。這是你從前告訴我的。

我的新居進門處有一條長長的走廊，盡頭是一個長方型約一百二十平方英尺的客廳，客廳左邊是臥室和厨房。書房緊挨著客廳的東牆，一排玻璃窗，開向屋後的小院子。晨光照射進來，把途中所有的影子也帶進屋裏來。一半水泥地，一半泥地的後院，種著幾株矮瘦的玫瑰。開花的時候，就彷佛那棵植物的心緩緩地開了。我常坐在書桌前發呆，夢想著將來與你一起出海捕魚的日子。有一種灰藍色的小鳥在後院大搖大擺地踱步，像是在牠自己的家裏似的。較遠處是人家樓房的背面，有人在後騎樓晾衣裳。只要注意那衣裳擺動的姿態，即可略知當天的風勢。我望著那翻飛的衣裳，有時無緣無故地哭泣起來。

大霧的夜晚，窗戶蒙上一層水紗。汪作一團的指燈，船燈似的，浮在夜海一般的黑暗之中，你的船燈，想必也正浮在黑暗的夜海上，如一團黃霧，遇風卽散。你說天晴時海上的月亮，與陸上的那個是絕對不一樣的。就好像太陽突然在晚間升了起來。白色的太陽照得水面銀閃閃的一片陽光。有時月亮又顯得非常小，僅只是一顆稍大的星星。但千萬不要是一顆隕星。在古老的迷信中，隕星預言風暴的來臨。

你捕魚回來，還要親自把魚載到零售商的商店去賣。待你把特別揀選的魚送來給我，往往已經累得筋疲力盡，站都站不穩，須睡一覺醒來，方才有精神告訴我這一次捕魚的經過。

我把我家的鑰匙給你配了一副，好讓你在我外出時，也可自由出入。我一進門，只要嗅到魚腥味，就知道你來了。你每逢捕魚歸來，身上的魚腥味總是很重。有一次我早晨起牀，走出客廳，發現你靴也沒脫，連衣躺在沙發上，已經睡熟了。你身上一股子魚腥味，鬍子已多天沒有刮，頭髮又亂又髒，人也曬黑了。我拿了一把常備在家的尤加利葉，放在鍋裏煮。不多久，微辛的清香漾滿空間。我坐在沙發前面的地板上，靜靜地看著你睡。朝陽把細微的影子，印在你的臉上，你睡得極深。

我覺得非常幸福。

你再度出海之前，雖有短暫的空間，却也有許多雜務等著辦理，只能抽出一天半日陪我聊聊天、吃吃麵、散散步。我記得我家附近人行道的石板縫野生著一種細絨般的青苔，你很喜歡，會蹲下來摸摸它，臉上露出溫柔的表情。你說將來你家的院子要種滿這種青苔。

我們常去的地方是一排陡斜的樓梯。那是橫切過一條盤山而建的街道的捷徑。每次我們到那裏去，就說：「到樓梯那邊去。」我一直想數一數那樓梯總共有多少級，樓梯兩旁沿著斜坡植滿松樹。我們走到最高，坐在佈滿松針的梯級上，俯瞰沿海地區的全景。在那裏看來，彷彿天空很多而地很少。井然的街道及樓房，乾淨的馬路，翠綠的遠樹和青青的山，令人覺得眞是好一片太平盛世。一隻白鷗像完成壯舉一般，悠悠橫越整個區域。海洋在陸地與陸地之間，呈現各種光暗面貌。你指著前方說，海陸交會處，若是白頭浪特別多，卽表示沿岸險巇，等閒莫近。

然後你又走了，乘著退潮出金門橋，航入海岸。這樣便可借潮力增進船速。同樣地，你趁著漲潮時潮水進灣的時候進灣。金山灣的水流極強，最快時速達四海里。以距金門橋約三英里的龐尼塔角爲起點，計算至入港停泊，順潮只需三十至四十五分鐘，逆潮則需時三小時十五分鐘。

我已習慣了在漁港時，留意佇立水中的圓木樁上，那濕印的長短。若是水線以上露出一大截濕印，我便知道正是退潮。退潮的時候你是不會回來的。

你曾經告訴我，最強、最高、和最低的潮，都是在春天。潮汐以二十四小時五十分鐘爲一個循環。在這段時間以內，潮水漲退各兩次。滿月之日，水位升至標準以上六尺，是爲滿潮。月蝕引起小潮，水位降至標準以下二尺。潮汐的訊息由於暗合自然萬物的消息榮枯，自古以來被認爲與人類的命運結怨交歡。潮漲象徵生命、豐盈、充溢，潮退象徵死亡、衰微、貧乏。法國西北部不列塔尼的農民相信苜蓿須在漲潮時播種方能茂盛成長，否則將夭折。他們的妻子相信水位偏高時製成的牛油品質最佳。此時由水井取得的水，從牛身擠得的牛奶，將在鍋中煮至沸騰，滿溢出來。攪乳器中的牛奶將不斷起泡，直至高潮過去。葡萄牙、威爾斯、及不列塔尼沿岸的人，認爲人在潮漲的時候誕生，潮退的時候死亡。

對於我來說，潮退象徵你的離去，潮漲象徵你的歸來。

一年一度的鯡魚季，自一月開始，至三月止，屬近海作業，你不必把船駛出金門橋，只在金山灣、金銀島一帶逡巡。青綠泛黑、銀身白腹、以甲殼類動物爲主要糧食的鯡魚，部分時間居住於深水之中，然後移往沿岸的淺水域產卵。成千上萬的鯡魚游近水面，發出冷光，吸引了漁民的注意力。從水鳥盤旋的位置，亦可推測魚羣出現的方向。日本人喜歡用鯡魚的魚卵做壽司，因此，所得的鯡魚卵大多出售日本。

或者你航向深海，捕捉生活於水底石間、海岸山脈的谷壑中的石頭鱸。這種饕餮的魚類，於冬季產卵，能在深海中生存。爲了捕捉石頭鱸，你出入於深水礁、法拉龍羣島、雷斯角以西二十五哩的柯特爾灘。雷斯角位於三藩市西北西。天氣想必很冷吧！你穿著厚毛衣，戴著毛線帽子，脚上套著防水靴，也許正在注視著魚羣檢波器的畫面。那一具利用超音波探測魚羣的機器，按下了掣，畫面上立刻亮起了各種顏色圖案，顯示出海底的形態，魚羣的方位等等，活動範圍達一千二百噚的深海。

春夏捕鮭魚，利用輪轉線捕魚法，以半速前進的漁船帶動餵了餌的魚絲，跟隨寒流，沿著約十嚀的淺水航行。所至之處，北及波林娜斯、北島、雷斯角、波德各灣、布萊格堡，南及蒙得勒灣、聖克魯斯、新年島、半月灣、聖彼得角。這正是鮭魚離開海洋，逆流返回淡水域產卵的季節。武勇的鮭魚，一旦上鈎便劇烈掙扎，以求逃脫。有一次，你與牠們鬥力之際，撞傷了膝蓋，瘸了好幾天。

七月至十一月是捕鮪魚的月份。鮪魚屬鯖魚族，最重要的商業品種包括大青花魚、長鰭、黃鰭等，是世界上最快速的魚類之一，游動時速可達四十五英里，肌肉結實，追隨暖流，喜歡游近水面覓食。捕捉鮪魚，須採用長線多鈎釣魚法，漁船幾以全速前進，途中絕不停留。據說大規模的捕鮪魚行動，魚絲長及七十五英里，魚鈎有兩千多個。

三藩市西南有兩座海底山，間接參予捕鮪魚行動，助漁民一臂之力。派因尼亞山山高七百七十英尺，垓特山幾及一千六百五十英尺，水底的暗流遇山即向上湧出，把大量營養料及有機生物帶到水面，吸引無數小魚圍飼。小魚又吸引來水面覓食的鮪魚。因此漁民只須注意暗流的動態，便可大略估計鮪魚的行踪。你通過探測水溫的儀器，測知何處有暗流上湧。

你在海上，捕什麼魚，吃什麼魚，吃膩了，便吃自己準備的罐頭。有時我弄一些三明治沙拉一類的讓你帶去。每次你都收集一大堆報紙和書到船上看。你說你喜歡海上的夜泊，彷彿只有你一個人在無邊的大海上，使你感到靈台清明，無一點俗慮沾身。也許，那種安寧與滿足，才是你所眞正追求的。

待此地的捕魚季節將要完成一個循環，我也快要畢業了。

「畢業之後，有什麼打算？」有一次，你這樣問我。

「跟你去打魚呀！我們不是說好了嗎？」我說。

「你不回家，你家人不會著急嗎？」

「這你就別管了。」

「他們知道我嗎？」你說。

我雖然沒有明確地告訴我的家人關於我們的事情，但我知道他們是絕對不會贊成我和一個漁夫在一起的。

我久久無言。

「難道你跟我去打魚，打一輩子嗎？」

「這又有什麼不可以的？」

「唉，不是這麼容易的。」

你開始向我解釋，捕魚的生活非常艱苦，不但風吹雨打，日曬雨淋，生命沒有保障，而且魚市動盪，收入不固定。目前你的理想入息是每年兩萬。那是除掉費用之後和納稅以前的數目。要達到這個理想，每年的總收入須在四萬以上。這是你從前在航空公司的年薪，也就是說，你當漁夫後的入息比當機械工程師的時候少了一倍。不過，經濟上的顧慮還屬其次，主要是你覺得捕魚生涯實在並不適合我。

「那麼你當初爲什麼又答應我？」我說。

「那時候，我還沒有想清楚。」

「但我已經想清楚了。」

「你把事情想得太簡單了。」

「有什麼那麼複雜呢？」

「你還這麼年輕，還有長遠的未來，你怎麼知道沒有更適合你的生活方式呢？」

「你不願意我跟你去，怕我妨礙你，是不是？」

「我只是不願意耽誤你。」

「我又不是爲了你，我是爲了我自己。」

「你眞的那麼喜歡打魚嗎？」

「你喜歡，我也會喜歡的。」

「我跟你不同。我的年紀比你大得多。我出去見過世面，經歷過人情世故，心情自然跟你不一樣。你才剛剛唸完書，還沒有踏足社會，談不上人生經驗，現在就來說什麼打魚打一輩子，不是嫌太早了嗎？」

「難道就這樣算了？以往的一切都不算數？既然是這樣，爲什麼當初你又和我好？爲什麼你又和我在一起？」

你不作聲。半晌，方才嘆了一口氣，道：「有些事情，是連我自己都始料不及的。」

頓了一頓，我說：「如果你眞的不願意我跟你去，我可以留下來，找一份工作，我們還是……還是……」

「唉，這是不切實際的……你將來會後悔的。」

「我不會後悔的，爲了你，我什麼都肯。」

沉默了一會兒，你說：「我什麼都能接受，就是不能接受犧牲。」

我們之間，類似的爭執越來越多，有時甚至不歡而散。我初次感覺到也許我們在一起的日子，將要結束。然而，當其時，這種意識尚是模糊的。驕傲而天眞的我，以爲總能夠令你回心轉意。但是，愈接近學期的尾聲，我的心情愈焦急，將要失去你的預感，使我對未來的信心發生強烈的動搖。我變得口不擇言，故意說話傷害你。你用道理開解我，然而，在一些實際的感情處境中，所謂道理是不敷用的。你雖然不同我計較，可是，在你的內心，你一定覺得我還只是一個不懂事的小孩子吧。

「爲什麼我們不能永遠在一起？」我老是問你這種孩子氣的，叫你難以回答的話。

你對我的態度開始轉變。出入於漁港，每次都是匆匆忙忙；出海前，打電話通知我，時間扣得很緊，以至我無法去給你送行。你在岸上的時候，也總是有忙不完的事情。我們見面的機會越來越少。卽使見面，你也常常是若有所思的，臉色有些陰鬱。有時我覺得忽然好像不認識你似的。我懼怕那種感覺。

那天，我考完畢業考最後一科，完成大學哲學系的課程，興高采烈的到漁港去尋你。那是我們事先說好的。然而，到了漁港，相識的漁民告訴我說，你已趁著前一天晚上的退潮出海了。這是第一次，你不辭而別。我望著茫茫大海，忽然好像來到了世界的盡頭，並且跨出了那不該跨出的一步。

一夕之間，整個世界都變了。現在我已不大去想那些接下來的日子。其實我很少去想那些只有我而沒有你的日子。我記得有好幾個晚上，因爲哭泣無法成眠，在黑沉沉的房間裏倦極入睡；白天就呆望著人家後騎樓晾著的衣裳，想你此刻不知在哪裏。我思索著我們之間的事情，企圖從其中發現一些可以改變的地方。但是，這樣做，無疑是徒勞而蒼涼的。我幻想著與你一起出海捕魚，幻想得太久了，以至於把未來的希望，完全寄託於幻想之中。幻想中的事情沒有血肉的感覺。當面對你的時候，有可能我只是愛上了你的虛的一面，你的神的一面，你的尙未發生的一面嗎？我以爲只要全心全意的愛就行了，只要不顧一切的愛就行了，只要相信自己在愛，就行了。

豈知人間並沒有這樣的愛。

我還記得那個清晴的下午，我坐在書桌前看著一本書，因爲心中有事，老是看著同一頁。忽然之間，我聽見你用我給你的鑰匙，靜靜地開門進來。我等待著，一直沒有回頭。一股濃濃的魚腥味向我襲來，那感覺如此熟悉，以至於我忽然有一種恍如夢中之感。你無聲地來到我的背後，站了一會兒，說：「我不是有心的。」然後你不再多說什麼，把手伸前，默默地將鑰匙放在桌面。我注視著那枚鑰匙，直到你離去之後，方才伏在桌上大哭。

我知道我已經無法留在此地，但是，我又提不起精神爲回家準備一切。我忽然不知道應該如何生活才好。有時候，我無緣無故地走出去，在街上漫無目的地走著，或者毫無防備地哭泣起來。原以爲出外走走，或可使情緒平靜一些，然而，坐在公車上，眼淚就像流不完似的，從起站流到終站，以至於後來我也不敢再出去了。

我以爲再也不會見到你，沒有料到，會在這樣一個甚至是有點荒謬的情形之下，見你最後一面。那天，大約是我們分手之後半個月，我在厨房洗食具，水龍頭冷水一邊手掣突然彈了出來，一條水柱子筆直的噴湧而出，勁道極強，水點濺到手上都發疼。一刹那間，整個厨房濕了一大片。我手忙脚亂的找來一塊抹布，試圖把缺口堵住。因爲水勢過猛，必須花費極大的力氣，不一會兒，已經感到有點支持不住了。除了手掣的缺口，水喉又不斷有水流出。盥洗池裏的水又去得極慢，只要緩一緩氣，池子便有水滿之患。再不想辦法把水止住，整個厨房都要遭到泛濫。我把所有的朋友逐一考慮了一遍，唯有你，我完全相信有這個能力。可是，也不知你是在岸上一還是在船上，卽令在岸上，也不一定就在家裏。要找到你是不容易的。但我實在無法可想，忙衝出去把電話機搬進厨房，所幸電話線的長度足夠。僅僅這一瞬間，水又噴得到處都是。我一隻手堵住缺口，一隻手撥電話，緊張地聆聽著另一邊的鈴響。竟是你接聽電話。我簡直不相信這是眞的。霎時間竟說不出話來。「喂？是誰？」你又說，我只覺心裏陡然湧起了千愁萬緒，不由得哭了。你什麼都沒問，就說：「我馬上過來。」

我渾身上下沒有一處不是濕的，等你等了許久，心情愈發焦灼。早晨的陽光却是舒緩無事，照進淺黄色的厨房，整個調子非常暖和，又非常明朗，使人有很亮的光的感覺。我忽然想起忘記叫你把工具箱帶來，正在發急，却聽見門聲，心裏也不知是什麼感覺。你從來不需要按我家的門鈴。現在你把鑰匙還了我，自然和其他人一樣需要按門鈴了。我慌忙往外跑，因爲鞋底滑，幾乎在走廊上摔一跤。我開了門，看也不看你一眼，又忙不迭趕回去堵住缺口。你走進厨房，看見我這狼狽的樣子，說：「你沒事吧？」我什麼都顧不得了，撲在你懷中大哭起來，從缺口噴出的水驟雨的打在我們兩人身上。你把我帶開，任由我在你身上哭了一會兒，拍拍我的肩膀說：「我先去把水喉總掣閉掉。」

「我忘了叫你把工具箱帶來了，」我說。

「不要緊，在車子上。」

你找了一會兒，方才在屋外人行道上的一塊鐵板底下找到水管總掣。幸而房東一家都不在家，不會有人用水。沒有了水聲，整個地方忽然變得寂靜無比。

檢查著水龍頭，你拈起一個指頭大小的黑膠圈說：「這個東西太舊了，已經磨得一點彈性都沒有了，我同你去買一個新的吧！」

我想起我們剛認識不久的時候，你替我修暖氣機，也是我們一起去買零件；家裏有什麼壞了，都是你替我修好。我心中的感覺眞是難以言喩。

後來我們就到樓梯那邊去。上到最高，眺望遠處的海洋，一時只覺人事全非。這一次，我仍然忘記數一數那樓梯到底有多少級。我們靜靜地坐在一起。我沒有問你什麼時候再出海，也沒問你上一次出海，你是什麼時候回來的。

我想挽留你，但我的力量，勝不了一個海洋。你可知道在等待的日子中，我遠望大海，彷彿看見了自己的一生。如今，我像當日遠望大海一樣遠望從前，看見自己爲你哭泣，哭得肝斷腸裂，心都碎了。那些在當日認爲永遠也不會過去的、身心的創痛，現在已不值一提。

有時候，我想，如果這個世界沒有海洋就好了，如果能夠沒有船，就好了，沒有漁港，沒有漁船，沒有魚，沒有你，也沒有我……

我似乎永遠是站在岸邊，看著你的漁船，離我遠去。立在漁船的甲板上的，就是你嗎？你看見了我，却沒有把船停下來。你只是不懷抱任何希望地望著我。我們之間的距離，愈拉愈遠，終於被海水塡沒。我知道你永遠也不會再回來。

眞正到了離別的時候，反而是平淡的。我心中有話對你說，却沒有說。因爲我的無知，我也曾刺痛過你的心吧！也許，對於你，我實在是太年輕了。我是不會懂得你的心情的。我應該讓你安心去捕魚，讓你到大海上，自由地找尋。

不久之後，我就離開了你，回到我自己的家。

●

能夠爲了一個心中的世界，將一生拋棄，我覺得是幸福的。

我曾經將自己的生命圍繞你，創造了一個世界。我說，太陽對你是好的，就有了太陽。我要太陽做你的生命中的亮光。我說，讓月亮照明你的航線，星辰指引你的方向，事就這樣成了。這一切我看著是好的，有太陽、有月亮、有星星。我要你脚下踏著土地，上面有天空護蔭，你要在天地之間，做一個自由快樂的人。我說，讓海鷗做你的鳥，讓魚類做你的糧，讓船做你的家，讓海洋做你的夢，然後，讓我做你的妻。我們之間有末日的盟約，天地是我們的明證。

我也曾經看著一個世界，像一個地震的城，毀於一旦。

其實我並不後悔。

回家月餘，我收到你寄給我的一封信。或者這樣是好的，你說，誰是誰非，不必再去追究。爲免造成將來更大的痛苦，你不得不這樣做，希望我能諒解。

你說，近日你有遲暮之感了，但我無疑是年輕的，雖則發生了與你之間的事情，我的生命依舊完整，我應該儘快把你忘記，好好地生活下去。

你說你對不起我。

讀著信，我的眼淚止不住地流下來。從你的字迹中，我覺出了漁船的顚簸。當你從燈光的船艙望出窗外，看見的，想必是黑沉沉的、無邊的大海。

難道這就是你的人生的窗外，永恒的景色。

你離我遠去了。

對前途感到漠然的我，找了一份自己所學無關的職業，安份地做著。我生活在烏煙瘴氣的城市之中，於塵埃飛揚的街道行走，與周圍的事物，沒有一點關係。

自從失去你，我與外面的世界是無緣的。我生活於過去之中，有時倒也高高興興。閉上眼睛，想像你就在眼前，你的音容笑貌，彷彿一伸手便可觸及。

我不想再到外面的世界去。

我在自己生活圈子裏，也遇見過一些男孩。與他們交往的過程中，我總是忍不住念念於你。他們如何能夠跟你相比呢，我這樣想著，暗暗嘆息。

世上只有一個你。

因爲有個你，我與世上所有的女子都是不一樣的。

雖然明知你不在此地，在街上走著，我也會暗中張望，妄想與你不期而遇。看見身形酷似的背影，我心跳著追上前去，痴迷不悟。

我無法忘記你。

人類執著於自己的所愛，是否因爲所愛的事物完成了自己？果眞如此，被你拒絕之後，我感到自己被否定，原是自然的結果。我失去自信和勇氣，同時亦失去與人交往的能力。有時我覺得自己彷彿並不存在於這個世界上。與人在一起，我尤其如此。

這樣生活下去是痛苦的。結束自己的生命的意念，在腦海中徘徊了許多時日。但是，自小便懼怕死亡的我，沒有勇氣毀滅自己溫暖的血肉之軀。也唯有這一副清醒的血肉，忠於我對你的回憶，雖然你或許早已把我忘記。

為什麼我如此愛你？

我常常想，人生最重要的，到底是什麼？我將你放在生命的中心，是否就是我今生決定性的錯誤？

這世上，什麼都是自己一個人去承擔，隨著時日的消逝，我把整件事情的前因後果，翻來覆去想得很清楚。我無法改變自己。被命運之神的手按在頭頂上，身為人的我，沒有說話的餘地。我生活得不清爽，也不端莊。你叫我老老實實地做人，但我意興蕭索。有時，想到自己的惡劣處，我知道你是不會喜歡的，心裏覺得非常難過。我辜負你對我的苦心了。

在社會工作，我發現自己更多的不足處。當初，我恐怕也有許多令你失望的地方吧。相愛難，相知更難，其實我又何嘗眞正地了解過你。

我想你也許非常寂寞。

而我卻彷彿是永遠的旁觀者，看著我周圍的人，要好了又分手，結婚了又離婚，倒也平安無事地活了下來。我也想過，不如把你忘記了也就算了，從此不再想念你也就算了，就當什麼都沒有發生過，也就算了。過往那一重重愛恨、恩怨，都不過是匆匆的流水，一去不回。我對你的愛，始終亦要成爲過去。

然而，縱使我聽從父母的意見，找尋婚姻的對象又如何？縱使我的下半生過得和樂安穩，又如何？

人生的一切，不過如是；你在我心目中，却永遠是最好的。

所以我覺得，與其庸碌無能地生活下去，倒不如化爲一隻失群的孤雁，以我的一生，尋找你流浪的方向，穿過長空的沉寂與秋雲的聚散，飛入你千山摺疊的眉峰之間。

不如以我一生的碧血，爲你在天際，血染一次無限好的、美麗的夕陽；再以一生的清淚，在寒冷的冬天，爲你下一場，大雪白茫茫。

讓我在夢中，最後一次擁抱你。縱然愛是有限的，我也願以一生的愛，化解你無窮的悲哀。

我眞的愛你。

●

相傳古時有一名姓石的女子，丈夫姓尤，欲從商遠行，女子阻止他前往，他不聽從，結果這一去，許久沒有回來。女子憂思成疾，臨終之時，感嘆道：「這全是我未能阻止他前往所至，如今凡有商旅遠行，我必化爲大風，爲天下女子阻斷其行程。」一當日我確曾希望化爲一陣石尤風，令你的漁船受阻。

年少的我，誤虛爲實，視夢想爲美麗的眞理，卽使像海市蜃樓一樣只存在於自然現象的解釋裏，也認爲那是一種眞實。多年後的今天，我重回梭沙立多，對於過往所發生的事情，尋思其所以然，並未感覺到困惑。我反而覺得那就像海市蜃樓的解釋一樣，簡單明瞭，同時不失其奧妙。如果青春是一座結滿金果的園林，我未能摘得那果實；但若我在每日的陽光中重覩那亮金的光華，則我相信我並未誤解青春的眞義。

我曾經以爲我永遠也不會改變。人類在萬變之中尋求永恒的事物，欲從其中體悟生命不滅的意義；在平淡的生活裏求變，却又爲了證實生命的脈動並未止歇。這些年來，我竭力爲你保留一顆不渝的心，但願在世事變幻中如塵埃落定，以應四周的飛揚與熙攘。因爲我相信愛情原可超越七情六慾；從愛慾中，可培養禪心。

愛情應該是令人振奮的，你曾經對我說。我想著你說過的話，彷彿看見我們的往事，經過回憶的渲染和幻想的舖排，一如水中之月碎而且多，充滿了整個水面。我把手探入水裏撈尋，開始明白最美麗的世界，永遠只可存在於心中。如今我已失去我的玫瑰色的世界。我豈不知玫瑰的顏色原是根據自然界萬物生息的原理轉濃褪淡？原來我只是沒有勇氣放棄堅持，面對並且接受人類的命運因循一棵植物的生命歷程乃千古不易的事實。

日月穿梭，我的經歷乏善可陳，心路歷程却無疑曲折多彎。從堅持變成耿耿執著於堅持，究竟自何時始，已然無法分曉。由一個夢想繁殖的領域踏入一個虛構夢想的境地，那却是可以預料的。爲了新生，我決定回到這裏來。

我回來的時候，鮭魚季節剛剛開始，許多漁船都出海了。鮭魚是思鄉的，有人說。牠們自海洋游回出生的水域，在出生的地方死亡。然而，以我目前的心情而論，與其將鮭魚的回歸轉托於人類思想感情的系統，詮釋爲懷鄉的情操，倒不如將其視作生物的官能構造，與大自然循環運作之間天衣無縫的契機，更爲純潔動人。此時的鮭魚，與我離開此地時的鮭魚，已不知相隔幾代。

我們的年紀都漸漸大了。岸上的歲月，已離去遠去。或者你想著就此一條船，一個人，在海上渡過餘生。每當你的漁船出海，回望岸上層層的燈火，你是否覺得那就是你的前塵往事，漸漸變得像星星一樣冷而遠。

再相見時，想必恍如隔世。

那日我在街頭行走，不免戚戚於城市的風貌依舊而昨日的自己不再。正當此際，却無意間碰見睽違多年的你的表妹。時間過得眞快，她的孩子都那麼大了。我們本就不算十分相熟，只站在街頭略爲寒暄。臨分手，她用奇異的目光注視著我，說你的漁船以我的英文名字爲號。

我聽見之後，不禁百感交集。

為免碰見舊相識，我沒有到那個你慣常停泊的碼頭去，雖則我無從知道，你是否仍然租用那個碼頭。我唯有對那明朗光輝的海洋，作遙遙的遠望。昔日在漁港送你出海的情景，又完美無瑕地浮現眼前。

我望著春天的海洋，就好像見到了你一樣。我想，我終於與你的捕魚生涯，合而為一。我不知道這是否包涵著任何象徵意義，但是，以我的名字命名的、你的漁船，確實在我的心裏化成了一首美麗的象徵之歌。你出現在我的生命之中，原是為了陪我走一段路，看著我成長。你離我而去，也只是為了成全我，讓我獨自承擔自己的生命，體現我在你身上所領悟的一切，清潔勇敢如新生。

現在我不想再見你。我們生存於這個世界上，憂喜參半，有更多的事情，分不清其哀樂。讓我們走向各自的方向，無論結果如何，心中不會有悔。

我在懷舊情緒的驅使下，走過你父親的墓地。你母親已於兩年前去世。從前留空的相框，塡上了她的遺照。她的卒期就和生年一樣，被一筆一劃地鐫刻在墓碑之上。

我在你父母的墳前靜立，何妨就是一棵轉世托生的大樹，生長於天地之間，讓你臨終來我樹下棲息。我吸取由你的屍骨所化成的養料，越長越高。你在我體內流動，我因為你，把枝葉伸向天空。我們所看到的世界，沒有言語可以形容。

那時我們眞正地成為一體。

一九八六・七・完稿
一九八六・八・重修

離合

自從前妻鵲華再度結婚，晉蘭很少與她見面，單獨約會更沒有過。所以昨天下午當鵲華打電話到他的牙醫診所找他，約他出來會面的時候，他首先想到孩子們。他們有一子一女，現在由鵲華照料著。

「是小孩子有事嗎？」晉蘭在電話中問。

「不是，」鵲華平靜地說。「我有事想和你談談。」

「哦。」

他們約定次日晚間九點半在一家戲院門口見面。對於前妻選擇這個時間地點，晉蘭納悶著，卻沒有表示意見。

正是年末歲尾的時節，聖誕燈飾與城市之夜的衆多燈光同時亮著。晉蘭站立在戲院門口等候，一面觀賞街道上流離的燈彩。他已經許久沒有在特定的地點等候一個人。不知道是不是由於這繁榮中的等待，使他胸臆間有了一點浮生急景的感觸。近來，這一類歎息的傾向在他身上較前顯著了。

他記得做丈夫那幾年，因爲鵲華的關係對所有節日懷恨。鵲華從來不讓他安安靜靜渡過一個假期。他報復地，抱著取笑的心情，冷眼看她爲房屋進行繁複的佈置。聖誕樹上掛滿閃亮搖盪的物，像一個過度無聊的女人。節日過去，鵲華總是趁他不在，把這些東西統統拆卸，就好像知道他看不起她熱衷於這些不切實際的小趣味，有點不好意思。印象最深刻的，倒是每年聖誕樹清除後客廳顯現出的空濶，令他感到心曠神怡。

爲期短暫的節日慶祝對他不具絲毫感染力。因爲這個，鵲華曾說一定是他靈魂中有著某種冷的東西，使他對世間美好的事物沒有情意。此刻，佇立於漸趨冷清的戲院門口，他覺得他的婚姻似乎比任何節日都來得短暫——只維持了五年。今年，又是聖誕節將至了。

已經九點四十分。他索然地踱到隔壁的百貨公司。櫥窗內陳列著一張新式童牀，顏色鮮明，模擬兒童的心靈之色。他想起兒子和女兒一度的眠牀。那是在鄭菊浚——就是鵲華的現任丈夫——所經營的歐美傢俱公司購買的。分居後兩張牀都搬到鵲華父母家。後來鵲華再婚，孩子們都大了，大概換過新牀。他自己則從未搬遷，而且仍舊睡著他與鵲華做夫妻時那張雙人牀。

只有他睡，牀顯得無比空曠。長期單獨在過於空曠的牀上睡覺，在他心靈上造成微妙的變化，肉體也容易有瑟縮的感覺。深夜時分，肩背常有一小塊地方隱微地痛著。那是從前他與鵲華溫存的時候，鵲華以堅固的牙齒咬嚙他肩背上的厚肉的地方。這個宣洩激情的習慣，曾給予他性慾上的刺激。當年由於愛慾而留下的痕迹時至今日仍隱隱作痛，也許是一種恨。然而，即使在最溫存的時刻裏，鵲華也往往忘記他亦有愛恨。

不知鵲華與鄭菊浚的婚姻生活是否幸福。直到昨日爲止，長久沒有她的消息。

不久，他看見鵲華從一輛計程車下車，便迎上前去。婚姻的壓力一除，他對鵲華的目光較全面而柔和，減卻不少煩惱，以往對她的惡感一掃而空，甚至覺得可以和她交朋友似的。

鵲華容光黯淡，沒有一般幸福婦女的美色。

他們互笑了笑，相對立了一會兒。

鵲華抬頭望望戲院的廣告板，「這電影你看過嗎?」

「沒有。」

「那我們進去，」逕自走去買票。

晉蘭搶著付了戲票錢。

戲院裏夜更深似的，只有少量觀衆。他們選了一個偏僻的角落坐下。

「小孩子好嗎？」晉蘭道。

鵲華再婚後，晉蘭覺得不便，不再要求見孩子。久而久之，大家愈發生疏，索性避免尷尬的場面，讓孩子完全投入新生活。孩子們牙齒有事，鵲華帶他們去看另外一名牙醫。

現在他由衷地問候孩子們，鵲華卻不作答。

在電影院見面會談，更不知有何用意。避人耳目，抑或企圖勾起他的回憶？選擇不賣座的影片，買票進場，在電影音響的掩飾下低聲說話，是他們共同擁有的回憶之一。鵲華喜歡黑暗中的交談，認爲句句親切。他不鼓勵這種行徑，但也儘量遷就，造成日後對鵲華加倍的憎恨，以至不能不離婚。

今晚，在鵲華的刻意安排下，再一次在電影院有光的黑暗中交談。

晉蘭對影片視若無睹，轉頭看看鵲華。銀幕的光線下，她的臉酷似無情的面具。

「我想向你借錢，」她知道他在看她。

喚回兩人間溫馨一面的記憶，使他情感軟化，然後向他借錢。

晉蘭立刻不悅。

「多少？」

「五萬。」

結婚不足三年，就來向前夫借錢。恐怕鄭菊浚並不知情，晉蘭想。他和鵲華結婚五年有餘，其間她背著他做過些什麼事，誰也無法想像。

對女性的普遍懷疑再度強烈起來。他不作聲。

「五萬塊錢，我一定還，」她有點惶恐地說。

「他知不知道？」

這一回，她沉默下來。彷彿同時也低垂了頭。但他不再看她。

「我們離婚了。」

「哦？」

「嗯，我們離婚了。」

聽了這句話，晉蘭深深感到人生的重複。

●

鵲華告訴他和丈夫菊浚離婚的消息的時候，流露出不勝淸怨的樣子。也許是兩度離婚的女人覺得前途可憂。

冥冥中有誰冷笑著一般。他與鵲華尙是普通友誼之時，曾經介紹她與菊浚認識。不知爲甚麼菊浚當時沒有追求她。結果，不出十年，他和菊浚都先後與鵲華結過婚。

婚姻不如意，而且一次比一次短暫。

或可歸咎於人與人之間往往互相傷害。菊浚抛棄獨身生活，與鵲華結合，曾被他目爲愚蠢。但是憂患的日子中，人人極需相依相偎。

晉蘭想著這些，彷彿在電影院的銀幕上看見三年前菊浚來找他那天的情景。就是那天，菊浚得知他和鵲華離了婚，或者有感於自身的寂寞生涯，開始與鵲華往還，顯然已在考慮娶妻的可能性。

菊浚是晉蘭的中學同窗，不常來往，但有時到他的牙科醫務所給他看牙。

「這裏，」菊浚指著腮部左下方，「痛得厲害。」

晉蘭做著準備功夫，菊浚問：「你太太好嗎？」

晉蘭不響，把工作燈移到適當的位置，一手拿著長柄小鏡探入菊浚口中，一手揑著尖銳的不銹鋼工具。然後他想了一想似的，把女助手遣了出去。

往對方口裏端詳良久，晉蘭才有點突然的說：「我們離婚了。」

菊浚正大張著嘴，無法說話。

「應該拔除，」晉蘭道。有毛病的牙齒映在小鏡鏡面。

他為其他牙齒進行檢驗，繼續道：「半年前正式簽字，但那以前已經分居，唔……算來你好久沒到我這裏來了，這隻牙磕崩了一塊，不知你有沒有注意到。這裏的汞合金也掉了……你的牙齒需要徹底清洗，煙迹很多。」

鵲華後來也抽煙。由於對他以及他的職業的敵意，她討厭自己健美的牙齒。

白白的香煙從她嘴裏突出來如猙獰的齒。

他想起從前試圖撮合鵲華和菊浚的事。假若那時撮合成功，不知今日局面又如何。

微彎著腰工作，背脊感到從心胸間傳來的薄寒。

「前一陣子她割子宮瘤，幸好是良性的，在醫院住了兩三個星期，人變得很衰弱。」

他把工具從菊浚口裏取出來。

菊浚說：「她現在呢？」

「出院了，在家裏休養著。」

兩人有片刻的沉默。晉蘭整理那些銀色的工具。

「眞想不到，」菊浚拍了拍椅子扶手，似乎不勝唏噓。「小孩子呢？」

「跟她。」

「現在你一個人住？」

「嗯。」

菊浚故作笑臉，「反而輕鬆了，又回復了自由身。」

「嗯。」

說著這些話，晉蘭感到離婚者的悲涼。轉身扭開水龍頭洗手，片片的水流經他的十隻指頭。很清涼，使人懷念郊外青草間小溪澗的流水。

鵲華住院期間，他天天去看她，每次問她前一夜睡眠的情形。

有一次，鵲華說：「昨天晚上夢見流水聲，響極了，醒又醒不過來，今早起來，才知道水龍頭沒閉緊，滴了一整個晚上。」

這段時期他為她做了許多事。每天把車子泊在醫院停車場，他一個人，或帶著孩子，從車子步行到醫院大廈的入口。風捲著黑黑的塵土在地面吹動。白白黃黃的陽光落在路中心，如同落在荒原上，象徵人類的秋愁。

一個離婚男人帶著兒女到醫院探望病中的前妻是落寞的人生。

晉蘭大約逗留十五分鐘。時間雖短，還是沒有話說。他外衣也不脫，坐在牀前的椅子上，和她隔著一重簾似的，各自在自己這一邊。在他有限的停留在她身上的目光中，尋找不到舊情。

「這些日子來麻煩你了，覺得過意不去，」將出院的一天，鵲華說。

「不算一回事。」

「還是應該謝謝你的。」她在枕上轉頭看窗外，「今天天氣好像不怎麼好。」

「嗯，是個陰天。」

「今天早上我把手伸出窗口，風涼涼的，我心裏想，一定是秋風起了。」

「天氣開始轉涼了，你要小心身體，不要胡亂吹風。」

她在被子裏縮了縮身子。

「你那麼討厭我，卻又幫我那麼多忙，我不知道你心裏想些什麼。」

晉蘭默然了一會兒，「你不要想那麼多，我們還是朋友。」

她感傷了，流下淚來。眼淚流過臉頰，病後略顯透明的皮膚底下珊瑚形的紅絲血管異常清晰。

「爲什麼不愛我？」她哽咽道，聲音中充滿對於愛的需求。

晉蘭空虛地望向窗外無鳥的天空。秋天的雲海沒有岸。

離開醫院，他獨自坐在車子裏許久，抬頭望見不同形狀的一片天空。雲層下有鳥低飛，黑而無聲，又像是飛得很高很高的黑蝴蝶。從他那裏看得見鵲華病房的窗戶。那扇印入眼簾，冰涼如冬天的玻璃貼在額際。

那之後不久，他收到鵲華郵寄給他的一封道謝信。他們之間除了這一次，從未通過信。鵲華此舉難免令人費解。

信的結尾說：「……但我不要你冷冷的愛心，只要一點點熱情。」

「爲什麼不愛我？」晉蘭心中再度響起那天鵲華在醫院裏說的話。

離婚前，晉蘭的生活陷入極度痛苦之中。夜裏經常失眠。

●

鵲華有在睡夢中磨牙的習慣。夜復一夜，他的心在妻的兩排牙齒間被碾著。他張大眼睛傾聽那銷磨意志的，磨牙的聲音。集中於肩背的痛楚，如同一種輕微的肌肉的運動。

無論她睡夢中無知的動作，或清醒時的行爲，一樣叫他厭惡。有時，她把手伸進內褲搔陰毛。眼睛閉著，帶著死者似的安詳的表情搔著癢處。殼一般的指甲抓撓有毛的皮膚，那響聲，近乎爬行動物刮著自己的鱗。他憤怒地皺起眉頭。似乎連最無罪惡的睡眠中她也沒有純眞的一面。

大幅的牀和被之間他的軀體橫陳著只有那麼一條，是可憐的蟲。

背對妻躺臥，冷冷的恨跟隨心臟的節律跳動，生命力正盛，幾乎就是他體內的器官。居然如此憎恨另一個人，使他對自己的爲人失去信心，無法安心生活。

在低低的牀第間仰望城市的高空，那輸送星辰的長長的帶子漸有欲曙之色。

他知道不能不離婚了。

他到底經不起婚姻的考驗。不斷與自己的黑暗面掙扎，引發他血液中的獸性。也許是這個，他無法忍受。甚至最微末的事件，亦足以觸動婚姻所給他的創傷，像那回弄翻蔻丹瓶的事。

鵲華臨寢沐浴，一星期塗一次指甲油。她那邊的牀頭沒有櫃，蔻丹瓶就擱在地面。一次，蓋子沒扣牢的蔻丹瓶被他不小心踢翻了，從瓶裏緩緩流出來的紅漆，有熟猪血那樣的紫。刹那間，他彷彿看清楚他的婚姻的眞相，覺得被侮辱似的難受。

鵲華半躺牀上，後腦及整條脊椎墊著枕頭，周身散發水溫，指甲新塗過蔻丹的手指撐開來晾，不時覺得生命很無聊似的把手掌兩面翻動著看看。

他進入浴室洗澡，裏面肉身世界的氣味很濃，牆壁上凝結的水珠含有人體的油脂成份。看著水蒸氣騰騰上昇，他有肉體昇華了的愉快，但他的精神世界是浴後的鏡子一片朦朧。

他變得不大回家吃晚飯。

過往，無數次，他在厨房裏幫助鵲華準備晚餐，鵲華怕油煙把頭髮熏臭，戴著黃裏透黑的舊浴帽；以後，那對於他一直是意味著家居的煩惱的顏色。裸在浴帽下的脖頸像一段白皮的圓枝子，後頸處，從帽沿伸出幼弱的髮碎，彷彿剛剛萌生的黑芽，在白枝上等待春季成熟。

早期對於妻的女性成熟成份具有如此詩情的欣賞能力，實在不可思議。

他們的兒女分別三、四歲那一年，夫妻關係嚴重地惡化。炎熱的夏季，相偕到鄭菊浚的傢俱店替兩個孩子買牀。其後，在路上，他故意調侃她。

「剛才鄭菊浚好像很留意你似的，眞奇怪，那時候他爲什麼不追求你。」

「我又不是男人一見到就想追求的，眞是那樣，也不會那麼晚才結婚了。」

「如果他當時追求你，你會考慮和他結婚嗎？」

「你後悔和我結婚了，是嗎？」

「不能那麼說。我只是想，如果你嫁了給他，現在不知道會怎樣，想起來覺得很有趣。」

「別假惺惺了，如果不是因爲我，你就可以和你那位蔡小姐結婚了。」

他婚前一度的女友姓蔡，名字中也有個蘭字。鵲華喜歡拿來嘲笑他：「你也蘭，她也蘭，你們正好是天生一對。」

他父母夫妻恩愛，所以替他取名秦晉蘭。

爲什麼不能一直愛鵲華？

幾年前鵲華懷著第一個孩子的一天，他看見她坐在微塵的妝鏡前，玩弄一尊雕刻著一個芭蕾舞孃，能夠邊播放音樂邊轉動的水晶像。那是他們的結婚禮物。鵲華一次又一次上著發條，好像正做著賞心樂事。或許她羨慕著生活中能夠自由地高舉手臂翩翩起舞的女人。

自然光透過水晶得到完美的表達。芭蕾舞孃高舉雙臂的舞姿，與及鵲華遷就腹部的坐姿，兩面對照著，帶給他無限溫情。他想像妻的腹部如何地像一片漂亮的白浪，心緒猶帶新婚及新春的氣息。

新婚，清晨醒來在朝陽之室，窗上映著春暉。他的新娘從牀上坐起來伸懶腰，雪白的手臂優美地自肩膀舉高，在空中開出兩條瑩瑩雪徑，分散的手指是雪在高處開始溶的地方。

●

鵲華二十八歲還沒未對象，她母親非常焦急，向晉蘭的母親秦太太訴苦，請求幫忙介紹。一天，秦太太偶然到醫務所找晉蘭，在候診室碰見鄭菊浚，閒聊起來。事後，他對晉蘭說：「我看鄭先生這人不錯，不如把他介紹給鵲華。」

「這樣好嗎？」晉蘭懷疑地說。他只見過鵲華一兩次。

晉蘭已有蔡姓女友，秦太太便沒有想到兒子身上，只是說：「有什麼不好？鄭先生是你舊同學，由你出面就更好。」

晉蘭不願意替人做媒，但耐不住母親一再慫恿，只得約了幾個朋友，組織一次春季郊遊，鵲華和菊浚都在被邀請之列。

大家對於郊遊目的心照不宣。鵲華出於本能的嬌羞，到達目的未久，趁人不察獨自逃開了。晉蘭看見她跑入一片小樹林中，便跟了進去，原意要拉她出來。

「爲什麼一個人躲起來了？」

她倚著一棵樹站立，暗光下顯得比實際距離稍爲遙遠。

「你聽，好像有流水聲。」她說。

微風樹林裏，快樂的水聲迴響著像一場芬芳的夢。他們循聲覓去，一個在前一個在後，踏過春天的落葉。

離同伴的笑聲逐漸遠了，鳥雀爭躍高枝鳴唱。彷彿是在深深的自然界中。

「在這裏！」鵲華歡呼著說。

草間石上，乾淨的小溪流過，淺淺浮著花草。

自小在市區生活的晉蘭，從未想過此生會在這個城市看見溪。

鵲華脫去鞋襪，把褲脚捲至大腿，靈活的膝蓋看上去像兩個嬰兒的小光頭。她踏入小溪，脚踝青白地映在水中，短短的一段，充滿青春活力。水波曲折地倒影衣裝人面。

「這水好清涼，你也下來。」她活潑地叫著。

晉蘭立在岸上笑著搖了搖頭。

這一次拒絕了她，好像一生都拒絕了她。自此，他們從來沒有同進退地在人生中遊戲。後來鵲華答允他的求婚，一半還是爲了脫離她母親的糾纏。

連秦太太也會說：「鵲華這孩子，不知怎麼回事，老是嫁不出去。」

秦太太在孀居單調的生涯中，喜歡認別人的女兒作乾女兒。在前赴日本的旅行團邂逅鵲華母女後，便認了鵲華作乾女兒，爲她的終身煩惱。

晉蘭曾多次聽母親提起鵲華。初次與她見面卻是過陰曆年間，鵲華同她母親來拜年。那天早上他因爲前一夜多喝了酒，起遲了。秦太太進房催他起牀，說有客人來拜年。

晉蘭睜眼看見新日爲他的世界帶來了光。他的一隻手露在被外的朝寒中。

見到鵲華的時候，她正坐在客廳的桐花下，歆頭觀看著什麼，臉上有一種奇異的無辜的表情。她起來向他見禮，是很輕盈地帶著整個身體站起來的。應節的鮮粉紅棉襖使她看起來喜氣洋洋，連她那潔白美好的牙齒也閃動著粉紅的珍珠般的光芒。

晉蘭向她微笑點頭，「徐小姐。」

一九八六•二

喚眞眞

「從前，在唐朝，有一個姓趙名顏的進士，從畫工那裏得了一副軟障圖，圖上畫著一個十分秀麗的女子，趙顏便對畫工說：『你有法子叫他成爲活人嗎？我想納她爲妾。』畫工說：『我這一副是神畫，這畫上的女子，名叫眞眞，你只要呼喚她的名字一百日，她一定出聲答應你，到時候你再把百花綵灰酒給她喝，她就會活過來了。』趙顏回去照著畫工的話做，每天對那畫上的女子，『眞眞』、『眞眞』地呼喚她的名字。一百日期滿，那女子果然從畫上走了下來。她和常人一般的說話、吃喝，並沒有什麼特異的地方，還在年終生下一個兒子。可是，後來，趙顏懷疑她是妖婦，她不想再留在人間，便帶著兒子回到畫上去了。從此畫上多了一個小男孩。」

曾以一幅《石女圖》，在本地的青年畫家創作獎中獲得首獎的良作，心中呼喚著一個眞眞，不下千百回。每當他看見那幅爲他帶來榮耀以及名利的《石女圖》，便不期然想起告訴他眞眞的故事的、那個名叫賴銀歡的女孩。只須想起她來，她的形象便鮮活地浮現腦海，歷歷如在目前。雖然她的外貌已經變了，他所深刻記憶的，依舊是她十六歲他爲她畫像時她的樣貌，尤其當她看到自己的畫像，那個滿足的，對自己懷著一份欣賞似的神情。然則，她究竟不是眞眞，不能因爲他的呼喚而從圖畫上走下來。他們依然一個是畫中人，一個在圖畫外面，以他畫家的手，創作出無數的畫，代替心中的呼喚——他不止是眞眞的故事裏的那個趙顏，同時也是那個畫工。

二十多年前，他和銀歡都不過五六歲的年紀，兩人已經是好朋友。出生於小康之家的他，父親是攝影師，擁有一家兼營攝影器材的照相館，母親在館裏幫忙；上頭兩個旣都是姊姊，他自然備受寵愛。銀歡的父親在車房當總技師，母親經營一爿報紙雜誌兼租售小說的攤位。他們兩家，同住在一座五層舊式樓宇裏面，一住二樓，一住頂樓，日常頗多接觸的機會。

賴太太那爿攤位就在樓宇的樓梯口，良作出出入入，總要打報攤經過，賴太太常把《兒童樂園》《良友之聲》一類的兒童書塞給他，讓他帶回家看。她是個嗜賭而好拜神的婦人，每天一杜香，一盤水菓，在樓梯口靠牆脚的角落供奉土地神。她跑去打麻將，便把銀歡叫來看守舖位。銀歡一個人，或帶著底下的兩個弟弟，蹲坐在小板凳上，一邊看連環圖，一邊以一副精明的樣子與顧客交易。即便如此，賴太太還是老是打她，動不動給她兩個巴掌。銀歡却並不顯得特別地不快活，看見良作，她笑嘻嘻地叫道：「杜良作！」順手拿幾本兒童書遞給他。

無論是良作和他上頭的兩個姊姊，或銀歡和她底下的兩個弟弟，都玩不到一起。反而是他們一個做老公，一個做老大的，玩得很投合。照相館就在報攤隔壁，兩人時常一同到照相館玩耍，看良作的父親爲顧客拍照。銀歡也每年來拍學生照。她八歲那一年，照了一張特別好的，良作的父親把它放大，鑲在架子裏，擺在照相館門口的陳列窗中。銀歡想必是引以自豪，每次經過總要有意無意地看上兩眼，又特地叫學校的同學來看。那照片在橱窗裏一直擺了許多年。

他們居住的樓宇座落於一個十字路口，門前橫貫著一條交通繁忙的雙程馬路，正對面就是他們讀書的小學，斜對角是石油站，左手邊，隔著一條單程路的，是一間小小的基督教堂，這個十字路口可說是他們童年生活的中心地帶。他們並排坐在樓梯口，同看一本兒童書，吃那被線香的香味薰透，供奉過土地神的水菓。

斜對角石油站前面矗立著一株高大的木棉樹，年年春季開出血紅、火熱的木棉花，一朵朵都極大，彷彿滿樹紅巢，每一個可以住進一隻鳥。黑油油的枝幹，是肥沃的泥土顏色，生在枝上的花，宛如直接種植在泥土裏，各自有它們的小小的根。樹身非常直，迎著陽光看，簡直高與天齊，伸出的枝柯柔韌處有如筋脈，從形狀的動勢來看，又清新剛健如炎夏的閃電，爆裂整片天空。其富於造型美，及意態之豐繁，良作看遍了木棉樹，沒有及得上這一株的。

他依照兒童圖書裏的圖形畫畫，維妙維肖，每每拿給銀歡看。書後每期有塡色比賽，他爲自己那份塡了，又爲銀歡塡，兩人拿了不少次獎品。銀歡喜歡講故事給他聽，羅賓漢、圓桌武士、哪吒等的英勇事蹟，她講得條理分明，靈活有趣。不知道是不是受了這些故事的影響，有一次，她叫他偷山楂餅給她吃。

「偷？」良作驚異道：「你沒有錢嗎？我有，我給你。」

「不，我一定要你去偷。」銀歡堅持道。

「不好吧，又不是沒有錢，爲什麼要偷呢？」

「總之我要你去偷。」她再一次強調。

「不行的，讓人抓住了怎麼辦，這樣，我幫你買。」他去買了一筒山楂餅回來，遞給銀歡，「哪！」

銀歡拿了一摔就摔到地上，「不要，不是偷的我不要。」氣鼓鼓的跑回報攤去了。

良作把山楂餅拾起來，拆開了吃，繞過報攤走到照相館，立在門口望著銀歡。她只不抬頭朝他看。他默默地把吃了一半的山楂，送到她面前，她不接，只是張開嘴。良作便把一片山楂餅放在她的小舌頭上。她這才笑了。剩下的山楂餅就是這樣一片片的餵她吃了下去。

他們也像其他孩子一樣，喜歡扮演各種身分，如新郎新娘，醫生病人，顧客伙計，教師學生。銀歡最喜歡英雄美人的角色，樂此不疲。

中秋節晚上，孩子們提著燈籠在街上跑來跑去，橙黃的燈籠，燭火跳躍，四周的陰影變化微妙繽紛，整個視覺世界活潑起來。銀歡要良作做英雄，她做美人，有惡霸要強搶她，叫良作帶她逃跑。他們越跑越遠，不覺進入偏僻的地段。

「我們回去吧，」良作說。

銀歡仍然陶醉在美人的命運裏，神色驚惶，頻頻回首觀望，「快！快！他們快追上來了！我們快走！」

良作回頭看了看，背後的夜，森森的，黑得像一種獄，有秘密的形體在動，却不在肉眼的視覺範圍內。他看得頭皮一陣發麻，拉著銀歡拔脚就跑，慌不擇路。驀地，聽得銀歡驚叫道：「哎呀，我的燈籠著火了！」

也許是奔跑時所帶起的風，使燭燄捲向燈籠燃燒起來。良作手足無措。

「踏熄它！踏熄它！」銀歡亢奮地望著火苗，眼睛瞪得老大，小臉被火映得明暗不定。她頓著足，狠狠地說：「踏熄它！」

良作略爲躊躇，終於走上前，提起脚往火苗踏下去，火勢非但沒有減弱，連良作的襪子也燃著了。

一個過路的大人看見，叫道：「小孩子，想死呀！」馬上趕了過來，費了些功夫把火熄了，但良作的脚已被灼傷。那之後幾天，銀歡對他格外好，在他面前很順從乖巧，完全是個好女孩。良作初次感到女性的心，液體一般流向他。

他們同在對面馬路的小學唸書，每天上學，良作在樓梯口等銀歡，兩人手攜手一起過馬路，放學就在校門口等，小息則各有各的活動。良作是品行兼優的優等生。銀歡靠些小聰明，功課也勉強應付過去，却是調皮慣了的，被老師記過，在課堂門口罰站，她毫不在乎。兩人同級不同班，良作當班長，常跑教師室替老師拿作業簿，銀歡在課室門口罰站，看見他經過，像是看見親人似的歡喜，笑嘻嘻地向他招手叫他，「杜良作！」並不因為罰站而悶悶不樂。

他們都升了那間小學所附屬的中學，就在小學後頭。良作還是常跑教師室，越過學校長長的走廊，那乾淨的磚地，發出陰涼的薄光。銀歡在課室門口罰站，看見他，總還是笑嘻嘻地向他招手，叫道：「杜良作！」這時他們都長高了，良作比她要高半個頭。

中三那一年，銀歡迷上了中六的一個男生。那個男生不僅成績優異，相貌英俊，還是個體育健將，很受學校女生的歡迎。銀歡一大早就跑到學校等那個男生上學，下學就混在以那個男生為中心的團體中，不知跑到哪裏去，上下學便不和良作在一起了。

學校裏，良作有時候會聽到一陣爽朗的笑聲。那笑聲稍微有點硬硬的質地，給人一種有邊緣的感覺，甚至可以從中想像發笑的人那弧線堅韌的口唇。他知道那是銀歡的笑聲，她說話的聲音也同樣使人感覺到她生理方面的青春健旺。看見他望過來，她總是高興的，笑嘻嘻地向他招手，呼喚他的名字。

一天下學，他看見銀歡坐在校園的一株槐樹下哭泣。已經是春天，樹上開滿了鵝黃的槐花，那形狀乍看之下就跟葉子差不多，說那是葉，綠的才是花，也無不可。兩者都是落花落葉本性，見風就落，遍地一片片的花葉難分，被踩踏成芬芳的綠泥黃泥。

良作抱著書包默默地在銀歡面前站了一會兒。

「怎麼的了？」他說。

銀歡不回答他，兀自掩著臉嗚嗚哭著。

良作用手輕輕推了她的肩膀，「什麼事？」

銀歡還是不理他。

他走到她旁邊，蹲了下來，變成和她差不多的高度，在她耳邊說：「你爲什麼哭？」

銀歡搖了搖頭，仍舊哭個不停。

良作很納悶，不明白她爲什麼哭這樣久。他在她旁邊又蹲了一會兒，便抱著書包立起來，只這一下功夫，身上沾了些槐樹的花葉。春風吹著他，一陣一陣地，就彷彿希望他也是一棵樹，也讓它吹落許多花朵和葉子。果然有花葉從他身上飄下來了。學校的人走了大部份，四周冷清清的，校牆外的馬路傳來車聲。

他不再向銀歡說什麼，只在樹下徘徊不去，不時抬頭看看槐花落剩多少。再看銀歡時，她已經擦乾了眼淚，抬頭向他道：「我們走吧！」

走出校園，遠遠的就看見石油站前正在開花的木棉樹。兩人一起過馬路，來到樹下，抬頭看那木棉花。銀歡想數那主枝有多少根，靠近地面那些還容易，越往高處去，因爲眼睛被樹頂的陽光刺著，就越難了。離地面最遠的較細的枝子，如同長在天空上，以藍天爲土地。很奇怪，從來沒見過木棉花含苞待放的時候。每次看見，總是已經開得很盡情了。含苞待放的時候是怎樣的呢？想必是個可愛的小紅瓜，開放時，一瓣一瓣的破開來，那花瓣就像香蕉皮似的往外翻。

「幫我摘一朵！」銀歡叫道。

「那麼高，怎麼摘呢？」

「你搖那樹幹試試！」

「怎麼可能！」一良作道。「這麼老的樹，硬梆梆的。」他還是上前試了試。簡直像石頭一樣。圍繞石油站疏疏種植著長春花和大紅花，他在花叢底下撿了幾塊小石子，「你要哪一朵？」

銀歡望來望去，揀了半晌，指著其中一朵說：「我要這個！」

「好！」良作瞄準那朵花，把石子向它擲去。這一次沒有中，再擲一次，也沒有中，接連擲了三次，方才把花打落下來。

銀歡一直站在花下全神貫注地等著接，那朵花落下，剛巧落在她懷中。她非常高興，又有點詫異，「哎呀，眞的接著了！」

她忽然又指著路旁道：「那裏還有一朵！」

想必是自己從樹上掉落的。良作跑去撿了起來，兩人便朝家的方向走。

銀歡一路上滴溜溜旋著花萼，「你看，像個羽毛球。」

「咦，眞的！」良作笑道。

往花的內部看，只有與花萼相連的地方透著黃色，除此之外，連花蕊都是紅的，密密麻麻，宛如種植在花心的小森林，其中有一株形貌與別的不同。

銀歡指著它說：「你猜這是公的還是母的？」

良作想了一想，「公的吧，通常都是一夫多妻。」

銀歡咯咯地笑起來，「才不是呢，那是母的，什麼一夫多妻！」

「你怎麼知道？」

「這是常識嘛，書上都有的。」

回家後，良作坐在書桌前把玩那朵木棉花，很髒，微塵般小的螞蟻從花裏爬出來，爬到他手上。他拿到水龍頭底下放水冲洗，洗乾淨了，嗅一嗅，有一股清新的瓜皮的氣味。花瓣厚厚的，給人結實的感覺，彷彿可以做成耐穿的布。整朵花看起來比羽毛球還要結實。把玩著，良作爲一股突如其來的衝動所襲，很想把花畫下來。他忙去準備畫紙，調了水彩，毫不遲疑的，把花的正面對著自己，邊看邊畫，很快就畫成了。他興高采烈地拿著畫到樓下報攤給正在看武俠小說的銀歡看。

「咦，眞像！」銀歡說。

良作開心地笑著。「你那朵呢？」

銀歡往旁邊指了一指。原來她把那朵木棉花放在土地神面前的菓盤裏，拿去當供品去了。

恰值杜先生從隔壁的照相館踱了出來，笑道：「你們在看什麼呀？」

良作把畫拿給父親看。杜先生微笑著把畫端詳了半天，也沒說什麼。不久，在父親的鼓勵下，良作到一個畫室學素描，開始了漫長的學畫生涯。

自從那天銀歡在校園哭泣，不知什麼緣故，以後就脫離了那個中六男生的團體，一個人到處遊盪，良作也很少見到她。同年，她因爲成績太差而被留級，她不甘心多讀一年，嚷著要轉校，爲此跟家人鬧得極不愉快。她轉到一家聲名不太好的學校去，自此與良作更形疏遠，雖然良作也時常在樓梯間、報攤、或十字路口附近一帶碰見她，他覺得她一天比一天更秀麗了。

報攤附設的小說租售，多是文藝言情、武俠、偵探、懸疑一類的小說，不少街坊青年前來租閱，生意很不錯。銀歡對其他的不感興趣，唯有武俠小說，捧著一本從早看到晚，看得昏天黑地。賴太太爲此與她爭吵，動手打她。「你打！你打！你打！」連在二樓的良作也聽到銀歡這樣嚷。街坊鄰里都知道她們母女不睦，也不當作一回事。

良作利用課餘時間畫了一幅又一幅的素描，銀歡則蹲坐在報攤看了一本又一本的武俠小說。有時候，她叫住良作，叫他給她喜歡的英雄人物畫像。良作便另外端張板凳，蹲坐下來，聽她描述那是個怎樣的人物。她是說故事的能手，神情與言語配合著，把故事說得生動傳神。他們又像小時候那樣，把供奉土地神的水菓剝開來吃；線香的裊裊煙雲，彷彿傳來極樂的香味。或許她在英雄崇拜中得到某種寄託吧，良作一邊聽著銀歡說故事，一邊想道。後來他發覺她口中的英雄，全是停留在受苦受難、傷心失意、孤立無援的階段，至於他們最後如何戰勝羣魔，却隻字不提。

他忍不住問道：「爲什麼你的英雄總是慘兮兮的？」

「那有什麼不可以，耶穌還受四十天苦難呢！」

「可是連他最後也復活了，你却只挑受難的部份講。」

「英雄落難才是最叫人疼惜的！」銀歡交叉手抱著那本武俠小說說這話，樣子很天真。

良作對她並不崇拜勝利的英雄，覺得費解。她叫他畫的畫像，在如今的他來說，是輕而易舉的事，何況並非素描，不過是線條很簡單的平面的人像。銀歡把這些畫都珍重地收藏起來。有一天，她叫良作替她畫一個女孩子。這是銀歡這一次叫他畫女孩子，他不免有些好奇。

這女孩自小遠離塵俗，隨師父修習劍道，才十八歲，已臻相當高的境界，但是不知爲何，再也沒有進境。她師父便讓她到江湖上歷練，以期能從世事中有所領悟。她在江湖上行走，遇上了男主角，並且愛上了他。從此她的心靈無復平靜，雖則她明知修習劍道，必須保持心如止水，不爲外物所動。她希望自己是激流中的岩石，儘管有流水、砂石、花屑、草落等等物事從它身上流過，它亦無動於衷。它發出聲響，只因爲流水打在它身上；受到腐蝕，只因爲歲月消逝。對於流水的浪遊生涯，或岸上美好的風物，它既不羨慕也不嚮往，唯屹然立在水中，堅強冷漠。然而，當那女孩仰望夜晚的星空，她不禁悵然若有所感。她想起自己過往的生命，就好比漫漫長夜，雖然也有星月微光點綴其間，又怎及太陽的光輝燦爛？

「我也要做岩石！」銀歡雙手合在心口上，發誓一般地說。

良作對那故事的女孩也產生了一種感動的心情，回去畫了一個仰望星辰的女子，拿給銀歡看。

「怎麼搞的？這不是我嗎？」銀歡指著畫紙上的女孩說。

良作有點難爲情，「我也不知道爲什麼。」

他回去又畫了兩幅，銀歡還是說：「不行，還是有點像我。」

「其實像你有什麼不好嘛！」良作道。

銀歡靈機一動，「喂，不如你畫我吧，你還沒給我畫過像呢！」

良作笑道：「好啊，我還沒給眞人畫過素描呢！」

兩人立刻跑到二樓良作的家。他的寢室幾乎變成了畫室，四壁貼滿畫家的作品及他自己的習作，顏料、顏料箱、畫架、畫紙、畫筆等，到處亂堆著。

第一次有人給他當模特兒，良作興奮不已，跑來跑去把亂七八糟的房間略為整理。銀歡悠閒地觀賞著牆上的畫。

「咦，這不是你從前畫的那幅木棉花嗎？」

良作向她指著的那幅畫看了看，「哎，那是這一幅，以後我不知畫過多少幅木棉花，什麼樣子的都有。」

「將來你在畫壇上就是木棉花專家。」銀歡笑道。

良作也不禁笑了。

「可以開始了。」隔了一會兒，他穿上工作服說。「今天先決定姿勢，我再畫幾幅草圖，從裏面揀一張最好的照著畫，大概畫四五天。」

銀歡把手按在鈕扣上，「要不要脫衣服？」

良作嚇了一跳，「不用，不用，穿著衣服就行了。」

「不用嗎？我看那些人都是脫衣服的。」銀歡指著牆上的人體素描說。

「但我是畫穿著衣服的。」良作忙道。

「哦。」銀歡再也不說什麼，只是以困惑的目光望著他。

「你先擺幾個姿勢給我看看。」

銀歡雖然剛看過牆上的人體素描，不知不覺的，又還是模仿時裝雜誌的模特兒擺姿勢。

「不是不是，不是這種姿勢。」良作道。他想，既然她喜歡那個仰望星辰的女孩子，不如就把她畫成一個仰望星辰的女孩子好了。「你站到窗口那邊。」他說著把畫架挪了挪。

安頓好，再抬頭，銀歡已經立在窗旁了。就在剛剛抬頭那一刻，良作彷彿看見了完美的幻象。並不是看見銀歡，而是看見一個青春年華的少女，在夜晚凭窗仰望星空，臉部敏感的肌膚，輕輕感覺著自由的光。她的姿勢柔軟，有著水的流動和飽滿，外面是一片月世界，和樂安定，同時有一個繁華閃亮的夢，醞釀在靜靜的仰望中。良作覺得這一幅畫沒有一個細節他看不到，甚至連髮陰、眼睫、衣褶、手指縫等這些陰影，如何地是一種月夜的調子，他也清楚知道。

他急不及待地教銀歡擺好姿勢，原先計畫中的草圖索性不管，開始作正式的素描。炭條在畫紙上颼颼走著，此外只有街上的車聲。畫了二十分鐘，他讓銀歡休息十分鐘，然後再畫。這一次總共工作了一個半小時。

他用白粉筆在銀歡站立的位置，依照她的脚型畫了兩個脚印，簡短地說：「好了，明天繼續。」

銀歡有點認生地望了望他，似乎對他藝術家的那一面不太習慣。

一連工作了四天，完成銀歡的全身站姿素描。他發覺她的頭型偏窄，後腦較圓，一直到頸部都有著優美的形。這些都因爲頭髮的軟薄而看得出來，富於變化的光暗層次加強了頭髮的彈性。這時的銀歡已經開始化粧，膚色原是淺棕，肌理細密，與光的接觸很柔和，髮綫至眉毛一段，因爲留了些劉海，不至於太短，額頭到鼻樑一帶比較平坦，鼻子寡肉，人中的小窪十分明顯，以至上唇中間有點突出，下頦的形狀方中帶尖，使腮部的綫條瘦硬。他喜歡她的眉，像春山一樣難畫。

他把衣服畫成淡淡的，都是疏鬆的綫條，使其不至於和臉部同樣密度，而減弱了臉部的獨立性。裙子流暢地垂到小腿，底下一雙赤脚，脚型稍爲寬扁，脚趾有厚重的感覺。

良作從未如此全面而詳細地觀察過一個女性的身體構造，好比一雙眼睛撫摩過她的全身。眼看著銀歡的每一部份在他筆下漸漸成型，他不由得有一種異樣的感覺，似乎只要他怎樣看她，她必順從他的意願成爲怎樣的一副樣子。

銀歡立在畫架前看著自己的畫像。

「不太像！」

「甚麼不太像？」

「不是很像我。」

良作把銀歡和那幅畫像對比著看了看，「我也不知道爲甚麼，」說著，自己倒先笑起來。本來是要給銀歡畫像，結果只畫了一個少女。不過良作自己很喜歡那個少女微仰著臉的模樣。「畫得很好。」銀歡微笑著說，雖然不像她，也沒有意見似的。那時她臉上出現了一種滿足的，對自己懷著一份欣賞似的神情，完全是個好女孩。「我告訴你一個故事，是我在學校聽來的。」於是她告訴他眞眞的故事，一面說，一面走到窗旁，有一下沒一下地用鞋底擦著地面，把良作用白粉筆畫在地上的兩個脚印擦掉。

聽完故事，良作笑道：「將來你結婚生了孩子，我再給你畫一幅是你抱著孩子的。」他偏著頭望著畫架那幅素描，又道：「這幅畫就叫《仰望星辰的少女》好不好？」

銀歡笑了笑，往窗外張望著，「你這邊還好，還有點景緻，我的房間在後面，伸手就摸得到隔壁那層樓，底下又是後門口的垃圾堆，臭得要命。」

良作也走過斜靠著窗台。正是下午時分，滿街騷動的人和車，整個是灰的色調，加上四周破敗齷齪的樓宇，給人一種慘淡社會的感覺。

銀歡望著天空，笑道：「我在這裏站著給你畫，悶得要命，就看那鳥和雲在上面飛來飛去，倒是挺好玩的，我的房間就看不見天空。」

「早知道應該揀一天讓你晚上來，那就算的可以看見星星了，不至於有名無實。」

銀歡臨走，良作說：「這幅畫送給你吧。」

「不好，你保存著，放在你這裏比放在我那裏好。」說畢就走了。

良作回到窗旁，剛好看見她從下面樓梯口走出來，可見她原沒打算回家。衣著明豔的她，走到黑塵滾滾的街道上，有如在色暗的調色板潑上一抹新鮮的顏料。她穿過馬路走到對面的行人道，經過她從前的學校，一直往前走去，走得很遠都看得見。

他經過十字路口附近的時裝店、精品店、髮型屋、餐廳、車站，常會看見銀歡，越來越花枝招展。她漸漸和街坊的一些青少年男女走在一起，一大羣到處招搖，大叫大嚷的旁若無人。有時只有她和另一個男孩子，親暱地挽著腰行走，看起來都不是甚麼老實人。莫非那就是銀歡心目中的英雄嗎？良作也曾想勸她不要跟那些人來往得太密切，到底又覺得不便干涉她的行動。

良作在房中作畫，偶爾聽到一陣爽朗的，帶著硬邊的笑聲，自街上傳來。他跑到窗口把頭伸出窗外。銀歡雜在一羣人中，或者挽著一個男孩子，正好打樓下經過。有時候，她抬起頭看看，只要看見他，她總不忘向他招手，笑嘻嘻地，從樓下直嚷了上來，「杜良作！」然後就跟著她的同伴去了。

像許多青年畫家一樣，良作也做著留學法國的夢，憧憬那清貧浪漫的生活。在十字路口長大的他，天天面對烏煙瘴氣的街景，也從中取材作了不少畫，身心都不免有空氣汚染的感覺，顏色旋律傾向低調。唯有石油站前的木棉樹，銀歡的彩衣，以及留學法國的夢，使他整個作畫的色譜明亮起來。

中學畢業那一年，他以一幅《木棉花落》贏得一個校際作畫比賽的冠軍，知道消息後，他簡直一刻也等不得，馬上跑到樓上想告訴銀歡他的一幅以木棉花爲題材的畫得了獎。可是，跑了一半，只聽見上面吵吵鬧鬧，聲音似乎來自銀歡的家。他又攀上一層，在樓梯上站住了。

有人傾嚀匡啷砸著東西。

「你砸呀，你砸呀，反正你也不把這裏當你的家了，光是知道玩，知道有你那些三教九流的朋友，成天見不著你的人，現在有事情了，你去找你的朋友呀，妳跑回來幹甚麼？你向我發脾氣有甚麼用？難爲你有這個臉！」

銀歡大聲嚷道：「你知道甚麼？你知道個屁！你就知道賭，知道打，知道罵，你有甚麼資格說我！」

賴太太氣瘋了，「你說什麼？你敢這樣說我，妳這個人還有心肝沒有呀，你當心天打雷劈呀你！」

「我有什麼不敢的？到了這種地步我還有什麼不敢的？我讓雷劈死了不正稱了你的心願嗎？……」

「哎呀我把你養到這麼大，到頭來你這樣對待我，你自己想想你對不對得起我，你不看看人家良作。讀書多用功，人又老實，又孝順……」

「對，我沒用，我賤，我丟你的臉，我哪裏能夠跟人家比，哪裏能夠跟兩個弟弟比……」

良作不忍再聽下去。鬧得這樣凶，這個時候去調停，恐怕只有弄巧成拙。這樣想著他便轉身回到樓下去了。想不到沒一會兒，賴太太倒來敲他家的門，說要找他。良作迎了出去，賴太太看見他，哭哭啼啼的說：「良作，你去幫我勸勸銀歡，我實在不知道應該怎麼辦了，她做錯了事，我說她兩句，她就發作起來了，還要生要死的，口口聲聲要自殺，什麼話都說不進去，一味對我耍狠，說那話不知有多難聽，你們從小是好朋友，你的話她總會聽一點，你去幫我勸勸她，我求求你，我實在沒有辦法了。我前世不知作了什麼孽……」

賴太太哭得幾乎昏過去，良作連同他的家人好不容易把她勸平靜了些，良作的母親杜太太也聞訊從照相館跑上來幫著勸，結果是杜太太和良作一同隨賴太太到樓上去了。

還沒到賴家，先就聽見銀歡大罵的聲音，「……你就讓我死嘛，你為什麼不讓我死，我死了你落得清靜，反正你也沒當我是你女兒，你什麼時候疼惜過我了……」

良作看見這種情形，心中也不覺黯然。

賴家的兩個男孩大概見情勢不妙，早就逃出去了。地面散落著砸爛的東西。銀歡在她自己的房間裏，房門敞開著，從外面却看不見她，只聽見她在裏面提著聲音說：「……誰叫你倒霉，誰叫你生我下來，我是賤種，我的孩子就是野種，怎麼樣……」

良作吃了一驚，想不到是這麼一回事。賴太太不好意思對他們明講，銀歡倒自己說了出來。

賴太太大為尷尬，忙趨前往房裏嚷道：「良作來了！」

房間立刻安靜了。良作上前一步，正待往房裏喊一聲，銀歡倒走了出來，頭髮蓬亂，臉也髒了，眼也腫了。她朝良作看了一眼，就聲色俱厲的對賴太太道：「你這是什麼意思？你把人家找來幹什麼？這是我們家的事，你憑什麼拖人家下水，你害我還害得不夠嗎？」

賴太太也不讓步，「啊，是我害你的？你把一張臉塗得紅紅綠綠的，跟那些不三不四的人搞在一起，是我叫你去的嗎？你在外面大著肚子回來，孩子是誰的你都不知道，是我叫你的嗎？……」

眼看又要爭吵起來，良作忙揷身在兩人中間，把銀歡往回拉，「好了好了，別說了，我們到房裏再說。」

杜太太也勸著賴太太，「你先到我那裏坐坐，喝杯水消消氣，還是小孩子嘛，那麼認眞做什麼！」說著連攙帶拉的把賴太太帶走了。

屋裏只剩下銀歡和良作，銀歡呆呆地立了一會兒，一反身跑回房裏，趴在牆上嚎啕大哭。那個房間的四壁舖滿中外男明星的海報，所以她等於是伏在海報上。

良作默默地在她背後站著，半晌方道：「別哭了，好不好？」

銀歡自顧自哭著，良作又道：「你記不記得，小時候你哭了，總是我把你哄回來，我不信這回我哄你不成。」

誰知不說還好，這樣一說，她哭得更是悽慘萬分，良作也不知如何措辭安慰她。

「有什麼事，總可以慢慢解決，先別哭吧！」

「你懂得什麼？你什麼都不懂！」銀歡不耐煩地說。

良作也就默然了。他不說話，銀歡倒好像有點不安似的，反而很快就止住眼淚，叫了聲：「良作！」

「吓？」良作應道。

頓了一頓，銀歡方道：「我還以爲你走了呢！」

「哦，還沒有，我還在這裏。」良作忙道。

銀歡噗哧一聲笑道：「現在我知道了。」

她略爲轉身向他，良作也移了移脚步，兩人都相對無言。房間裏光綫昏暗，四周寂然，覺得是空空的，街上的車聲也像是很遠似的，就像秋天的落葉被風吹著，輕輕擦著路面。

「我有了孩子了，怎麼辦？」她小聲道，像個無助的小孩子。

良作望著她，心痛地說：「你眞傻！」

她伏在他胸膛上，靜靜地又哭了。

第二天，銀歡就失踪了。前一日良作還在賴家的時候，因爲看她實在太累，囑咐她好好休息，然後再商量辦法。銀歡也聽了他的話。他是看著她躺下去之後才離去的，還順手爲她帶上房門。第二天他上去找她，她不在家，料想是出去散心去了，也沒在意。直到那天晚上銀歡沒回家過夜，賴太太方才著急了，跑到杜家大哭大鬧，質問良作到底跟銀歡說了什麼，杜家的人都很氣忿，但看在她疊受打擊的份上，也沒跟她計較，只勸她說銀歡想必是心情不好，找朋友去玩了，不回家過夜在她又不是第一次，既沒有帶走什麼東西，孤身一人，身邊又沒有錢，能跑到哪裏去……說好說歹的把賴太太哄回去了，然而大家都感到一種不祥的預兆。三四天過去，銀歡還沒有回來，他們到警察局報了案。良作到她常去的一些地方打聽，也沒有任何結果。她是眞的出走了。

賴家在報上登了一則啓事。啓事說：

銀歡：

自你離家，父母念甚，

日夜愁煩，寢食難安；

縱有怨隙，寧無恩義，

盼你歸來，既往不咎。

但是一直沒有銀歡的消息。

賴太太每次經過照相館的陳列窗，看見擺在那裏的銀歡八歲時的照片，總是泫然淚下。那照片遂被杜先生從陳列窗拿走了，後來也不知失落到哪裏去了。

良作考上大學的美術系，不斷接觸各家各派的繪畫理論，不斷作畫，同時結交了一羣志同道合的朋友。雖則不是在法國，却是寫意平實的學生生活。幾年間，他自小熟悉的十字路口也有了顯著的變遷，舊的商店被淘汰，新式商店取而代之，他父親的照相館也有落伍的迹象，顯得簡陋黯敗，歷史悠久的酒樓被新的財團接手，石油站標出的石油價格高出數倍不止，許多舊式住宅被拆卸，改建爲高大的公寓樓房。良作有點擔心他居住的那幢樓宇亦將不保，那時候不僅賴太太，連他父親都要失業。

在那二樓的房間，他畫過的畫數也數不清。從窗口望出去，只有石油站前的木棉樹，是唯一可珍貴的景致。從前還有銀歡的彩衣。有時候他彷彿又聽到她以爽朗的聲音，呼喚他的名字。「杜良作！」從樓下一直叫了上來。非常遙遠的聲音，使人覺得她是從極低極低的地方叫上來的。他想到銀歡是一個多麼聰明、激烈、而又善感的女孩子。她現在在什麼地方呢？過著怎樣的生活？她腹中的孩子後來不知怎麼解決的，想必總是打掉了。想起與她在這十字路口一同渡過的時光，他不禁悵然良久。

畢業後，他在一家美術設計公司工作，餘暇仍不懈地作畫，把自己的作品拿去參加比賽。他和幾位志趣相投的朋友組織畫社，商議畫社名稱的時候，他說：「那叫眞眞畫社怎樣？」於是把眞眞的故事說出來。結果由於典故冷僻，又與家喻戶曉的珍珍薯片諧音，而被否決。畫社定名眞吾。

良作畫畫多了，在畫壇上漸漸也小有名氣，除了以畫木棉著稱外，他那亦剛亦柔的綫條，豪放而又典雅的情趣，畫面上中國風的空白，巧妙的顏料堆砌，鮮明的顏色對照等，都是他爲人所熟知的風格。畫社舉行畫展，他把《仰望星辰的女孩》易名爲《十六歲的少女》，還有《木棉花落》，拿到畫展展出。他留意著前來看畫展的人，希望能夠發現銀歡，然而他的願望畢竟落空了。銀歡似乎已從這個世界完全消失，唯在《十六歲的少女》中，留下她的姿影。

想不到的是，他二十六歲那年，終於又與銀歡見面。那天黃昏，他在一個公車站等車。車站並不擁擠，他背倚著欄杆，正看著天邊的夕陽緩緩下沉。那太陽又圓又近，端正玲瓏，使人清楚感覺到是在和太空中的另一個星球對面相見。

忽然之間，他背後響起一個女人的聲音。

「雲絲頓，還有這個……多少錢？」

那聲音如此熟悉，以至於他覺得像在做夢一樣，有點恍惚起來。回過頭去，後面是一間小商店，除了商店老闆，尚有一個濃粧豔抹、服裝突出的女顧客，沒有其他人。往兩旁張望一下，良作的視綫再度回到那個女顧客身上。她身子微側地背對著他，等商店老闆找零錢，找了錢，便步出店門離去。就在她將要離去的時候，有那麼一刻，她仰起臉來，不知看點什麼。雖然只是極短促的一剎那，良作也認出了那張臉。他的心狂跳起來。他再也不會忘記那張仰望的臉。那是他以他的眼睛愛撫過，又令其在他的畫筆下重生的。

銀歡沒有看見他，手裏拿著一支冰棒，一包雲絲頓，自管自走了。良作一時也不知道如何是好，進退兩難之際，銀歡已經走了一段距離。他忙追了上去，只見她不久便拐入一條橫巷。她邊走邊吃冰棒，走得很快，高跟鞋重重地敲打地面。吃完冰棒，她隨手扔了冰棒棍子，掏紙巾擦手，一舉一動都帶著一股豪爽，却又有點風騷的味道。

良作不打算立即叫住她。他想看看她到底上哪裏去，最好能夠知道她住在什麼地方，便尾隨在她身後。她走路比他平常的速度要快一些，因此要跟踪她，又不爲她所發現，實在有幾分冒險。幸而不到五分鐘，便看見她走進一幢舊式樓房。在狹窄的梯間，是很難再躲過她的耳目的。良作只得暫不跟進去，看看再說。他後退幾步，仰頭打量這座樓房。在落日餘暉的照耀下，樓宇的外表顯得說不出的貧窮、荒涼。四樓一個掉光了牙的老婦正在收衣裳，把鮮黃色的晾衣竿連同上面的衫褲緩緩抽進去。那晾衣竿晃悠悠地在空中搖擺，隨時要掉下來了。銀歡就住在這裏嗎？假如這並不是她的家，而他貿然出現，說不定會造成誤會。正打量著，只見右邊二樓的一個窗戶，有人拉起窗簾，打開了窗。是銀歡！他忙一閃身躲進樓梯口。看情形，銀歡的確就住在這裏。是不是應該通知她的家人，再一起來勸她回去呢？然而，離家多年，她始終沒有音訊，一定是有什麼深藏的原因。叫她一下子就面對家人，一個不好，便會弄得不可收拾。無論如何，他是她從小一塊長大的好朋友，向來她也很看重他，由他先去見她一面，應該是最妥當的了。這樣想著，他便往樓梯上走去，走著那陰翳霉濕的樓梯，連心裏也是陰沉沉的。走到二樓，根據窗戶的位置找到那扇門，他也沒怎麼猶豫便按了門鈴。銀歡幾乎是馬上就來開門，一看見她，良作便叫道：「銀歡！」一面伸手把門抵著，怕她關門。

銀歡站在那裏，也不出聲，也不做什麼，只是瞪大眼睛望著他，久久，眼眶逐漸蓄滿淚水。

兩人在薄暗中相對立著，恍如隔世。

銀歡回身走進屋內，「你怎麼會找到這裏的？」

「我剛才在街上看見你，跟了來的。」良作說著走了進來，把門關上。

銀歡用手背擦了擦眼，「你走吧，以後不要再來了！」

「我好不容易才見到你……」良作說到這裏就沒有說下去了。

銀歡木然立著，半晌，方才有點疲倦似地說：「你還是走吧！」

「銀歡，你父母……」

「我不會回去的。」不等他把話說也完，銀歡就用決絕的語氣說。

「銀歡……」

「你不必再說了，我是永遠不會回去的。」她不再理他，逕自去把外面晾著的衣物收進來。

良作往四下裏看了看。地方很小，看來是從舊單位間隔開的，牆漆都剝落了，透出一塊塊霉斑，東西堆得滿滿的。這種寒傖的情形，已足以說明銀歡這些年來過的是什麼樣的生活了。

「你現在在做什麼？」良作道。

銀歡就像沒聽到似的，望也不望他一眼，坐在牀上摺疊著收進來的衣物。

「這些年來，我一直在擔心你……」

「我不用你擔心。」銀歡冷冷地說。

良作不由得感到頹然。兩人都沉默了。屋裏靜悄悄的，有人打門外走過，把鑰匙拿在手上搖著，發出清脆的響聲。銀歡背對著他坐在牀沿，一點力氣也沒有似地坐在那裏不動。

一段沉寂之後，良作道：「難道你一點也不想念你的家人？」

銀歡不言語，將一張椅子拖到面前，把脚蹬在椅子上，開始脫絲襪。她把裙子曳得老高，把襪褲的褲腰褪下來。淡淡的斜陽從窗外照進屋內，就是剛才他看見她打開的那扇窗戶。大概是太陽完全沉落以前最光亮的一刻，整個地方突然非常明亮。銀歡坐在那裏脫絲襪，出奇地慢與細心，就彷彿剝著自己的一層皮，太快了會痛。那情景，不知爲什麼，使良作深深地受到震動。

「你眞傻！」他望著銀歡彎曲的背影說：「你眞傻！」

她終於忍不住哭了，連連搖著頭：「你不要，良作，你不要……」

「你爲什麼會變成這個樣子呢？你爲什麼把自己弄成這個樣子？」

「你別管我，你就當我已經死了……」

「銀歡……」

「你就當從來沒有認識過我這個人，你走吧……」她把臉埋在弓起的膝蓋上，哭不成聲。

「我怎麼放心這樣走呢，看見你這個樣子……」

「你別管我，你讓我去吧，你讓我去吧……」

「到底是怎麼回事?到底是爲了什麼?」良作問道，因爲不明白。

銀歡彎著背痛楚地、撕心裂肺地哭泣著，似乎要把這些年來的積鬱全都哭出來。

「銀歡，你怎麼可以這樣下去呢?你跟我回去吧!」

「我不回去，我不回去……」

「難道你就一直這樣下去嗎?你還是跟我回去吧!」

「我不回去，我回不去了。」她絕望地說。

「爲什麼?」

「你不知道的，你不會知道的，良作，這些年來，我一直在想著你。我只剩下你一個了，我心裏常常跟自己說。想起我們小時候的事情，我心裏才比較開心一些，可是我回不去了，我沒有面目見你們，更沒有面目見你，我只要知道你是好好的，我就不知有多高興了，你的畫展我都有去看，看見了你畫的木棉花，《十六歲的少女》，還看見了你，但你沒有認出我來，我變了許多了，我知道你不會認得我的，我才敢去，看見你這樣用功，這樣有成就，我就覺得好驕傲，聽見人家稱讚你，我就好像自己被稱讚一樣，我覺得什麼都是好的，都值得了，我一生人，只有你是好的，你明白嗎?我雖然不行了，至少還有你，是好的……」

良作心裏一陣陣地難過，不覺流下淚來。

「你走吧，以後不要再來了，我也不想見你了，你走吧……」

良作惘然地望著她的背影，半晌，終於悄悄地走了。

他沒有把遇見銀歡的事情告訴任何人。一連幾天，他無法安心工作。家後面的舊樓正遭拆卸，斜對角石油站的後頭正在動工起造一座高樓，建築地盤的噪音日間總是不斷，在家的時候，想集中精神作畫加倍地困難。他到海邊看海，仍無法解除心中的鬱結，銀歡最後那番話不住縈廻腦際。站在岩石上，脚底的浪濤廻旋擊打，翻起白花；雪白的海洋的血，濺到他身上來。陽光普照，無際的波光水影虛實順逆，千變萬化，只在有無之間。他想到他和銀歡從未一起到十字路口外面的世界走走。如果他帶她來看這大海，她一定會喜歡的，她也必定喜歡看見這岩石。他並沒有忘記她告訴過他的許多故事，譬如眞眞，懷著好意來到人間，却不被瞭解，寧願放棄生命，回到畫中去。還有那個修習劍道、希望自己是一塊岩石的女孩。「我也要做岩石！」銀歡把雙手搗在心臟所在的地方說。一個人眞的能夠成爲岩石嗎？要怎樣的生命力方足以詮釋岩石浩然的靜態？

回家之後，良作日以繼夜完成了《石女圖》。畫面上的岩石粗看只是一塊岩石，須細看方看得出岩石裏蘊含著一個仰臉佇立的女郎，其容貌擧止無不是潤靜的筆調，部份綫條與岩石脗合，那却又是遒勁灑然的，不知是那女郎正在化爲岩石，還是岩石化爲女郎。岩石周圍一條條迴蕩奔放的水紋，又有部份與岩石脗合，造成自岩石流出的印象，也不知是岩石溶化爲流水，還是流水凝固成岩石。畫面上部半疏綴著一點點紅，亦不知是紅花、紅雪、抑或紅色的星星。

就是這一幅《石女圖》，使良作在畫壇上聲譽益隆。銀歡知道了嗎？良作不由得忖道。她是否也為他這次的成就感到高興？她可知道她自己就是那幅圖畫最完美的詮釋？

只要有多餘的時間，他還是留在家裏作畫。他覺得只有在那十多年的寢室兼畫室裏，他的心才是安定的。往窗外看看，石油站後面的高樓快要建成了，足足有十多層高。木棉樹也吐血般地開了花；一口血，一朵花。看著那尚未峻工的高樓和那株木棉樹，他突然有一個構想，起頭作了草圖。

那天晚上，他工作到午夜時分，有點倦了，和衣倒在牀上休息，不知不覺間睡了過去。這一睡，昏昏沉沉，睡得不十分熟，滿腦子繚亂的夢，也不知夢見了什麼，猝然驚醒了過來，猶自怔怔的。夢中好像聽見重物落地的聲音。是因為這個驚醒的嗎？他在牀上坐了起來，無緣無故心跳得很厲害。夜闌人靜，似乎隨時會聽到古代更柝的寂寞的聲音。他起身走到窗前，外面完全沒有人了，可是確實是深夜。夜晚的燈光下，遠處的馬路上像是躺著一個人體。良作還以為是他看錯了。大概是一隻死猫，或者死狗。他眨了眨眼，用盡目力望去。眞的是一個人！他的心迅速往下沉，沉到了底，整個人木木的。來不及了！來不及了！他心裏發狂地叫著，奪門而出，一直跑到街上，因為驚懼而有點踉蹌。春夜的風吹著他的衣衫，從前胸直透背脊，他渾身上下打了一個冷顫，一面奔跑著。一定是那尚未竣工的高樓上跳下來的，「銀歡！」他打心底裏呼喚著，然而，他知道再也不能喚醒她了。

鮮紅的血從銀歡體內流出來。他心裏空蕩蕩地，只是呆然立著，凝望那新鮮的血，順著地勢流到他脚下，那樣地紅，就要在他脚下開出花來了，一朵大大的木棉花……

木棉，可愛的木棉。

眞眞。

一九八六・四

拾釵盟

幕啓。聚光燈亮，照射舞臺之左上方。播放「唐宮秋怨」樂曲前奏。唐明皇自臺左靠下手邊緩步出場，踏入聚光圈，配合口形唱「唐宮秋怨」小曲，自「秋雨露冷梧桐落滿園」始，至「夢裏偏偏未見玉環回來伴駕前」止。

唐明皇：(獨白)唉，玉環，自你在馬嵬坡下飲恨而終，我了無人生樂趣，終日食不下咽，寢不安枕；春花秋月，舞衫歌扇，都無非叫我更加悲悼你罷了。三年了！你爲何總不來與我夢中相見呢？幸得有來自蜀地的道士楊通幽，自言有召魂之術，我已命他請你的魂魄去了。你在天有靈，務必要與我一見呀玉環！

（來回踱步，現出憂急狀）這個楊通幽，怎麼去了這麼些時候還不回來，眞是急煞人了！

（搖頭嘆息，復負手徘徊。）

（舞臺下方傳來楊通幽的聲音，高呼，聖上！聖上！）

唐明皇：（駐足面向觀衆，有驚喜色）莫非是那個道士楊通幽！（側身向下方張望。）

（楊通幽自臺右下方快步奔出，至唐明皇跟前躬身行禮。）

楊通幽：啓稟聖上，貧道幸不辱命，已經找著貴妃了。

唐明皇：（大喜）眞的？她在哪裏？快說！快說！

楊通幽：就在蓬萊島，玉妃太眞院。

唐明皇：蓬萊仙島？玉妃太眞院？……（垂袖黯然後退數步）唉！貴妃她……她可安好嗎？

楊通幽：回稟聖上，貴妃玉體安康，只是甚爲想念聖上，欲與聖上一見呀！

唐明皇：（亢奮）啊？她眞的這麼說？

楊通幽：是呀聖上。不如就由貧道把聖上送到蓬萊仙島，也好讓聖上你得償素願，與貴妃互訴別後離情呀！

唐明皇：（拈鬚沉吟）唔……好，楊通幽，你果能令朕滿意，待朕歸來，必定重重有賞。

楊通幽：（欣然跪拜）謝主隆恩，萬歲，萬歲，萬萬歲！

（燈滅。楊通幽悄然退下。）

（「弓舞」音樂。舞臺亮起暗光，唐明皇滿臺遊走，東倒西歪若為風所御，至臺右上方站定，茫然四顧，高呼「玉環」。）

（「玉殿會眞」樂曲。唐明皇配合口形唱「玉殿會眞」之「今宵別故宮……未見仙踪便覺悲痛」一段。）

（舞臺大放光明。「桂林山水」音樂。衆白衣仙女簇擁楊貴妃翩然舞出。唐明皇加入與楊貴妃共舞。）

（楊貴妃自髮髻摘下珠釵……）

這時，在舞臺右翼觀衆看不見的地方，兩個女孩低聲交談著。

「咦，宋秋光那支珠釵呢，怎麼不見了？她不是應該拿著它跳一段舞，再把它交給王寶乾的嗎？」

「是啊，我明明看見她剛才還戴著頭釵的。」

「一定是不知什麼時候掉下來了。」

「她自己好像早就知道了。」

「好在那支釵不是頂重要，沒有就沒有了。」

「本來就不是很需要……喂，該換音樂了。」

舞臺右翼放置燈光控制臺，音響器材，以及一些應用道具。臨近演出場地斜斜懸掛著幾道布幕，以隔斷觀衆的視線。在布幕的掩遮下，沈秀目正操作著一具小型活動攝影機，把舞臺上的表演錄影下來。稍微移動脚步的時候，他覺得鞋底踏住了什麼似的。低頭一看，原來就是那支珠釵。

楊貴妃一出場，他便以攝影機緊緊跟隨，通過鏡頭記錄她的一切，包括在一次比較激烈的舞蹈動作中，她輕微地絆了一絆。似乎是踩住了裙裾因而立足不穩。即使沒有那一絆，那個腰前俯，手平張，接連幾次上身旋轉的動作，也很可能使珠釵受到震動而從她頭上的髮髻墜跌。珠釵落地後被其餘不知情的舞者踢到他脚旁，他也沒有注意。直至踩住了珠釵。

或者由於一種少年的濫情，他把珠釵從地面拾起來。

壓軸的三幕歌舞劇「霓裳羽衣舞」表演完畢，司儀說過致謝辭，當晚的文藝晚會便告圓滿結束。觀衆魚貫離場的同時，演員們紛紛回化粧室卸粧。秀目收拾著攝影工具，只見飾演楊貴妃的宋秋光獨自回到舞臺，低頭尋覓著。紗質的古裝黃裙曳到地面，垂在背後的假髮也有一種長裙的風情，使她看起來更爲修長窈窕。

仔細地尋遍附近一帶，從他身旁經過好幾次，始終沒向他開口詢問。

這裏只有我一個了，你總不能不來問我一問吧！秀目心跳地想，表面上埋頭整理工具。

仍舊一身唐明皇裝束的王寶乾自臺左下方走來，遠遠就說：「秋光，你還不去卸粧，要找也不急在這一時。」

秋光只顧尋找。

寶乾叫秀目，「表哥，有沒有看到我那支珠釵。」

秀目眼睛也沒望她，只搖了搖頭，「沒有。」

「那東西我反正沒用，丟了就丟了，我們去卸粧吧。」寶乾向秋光說。

舞臺的黑色的幕已經拉了起來，秋光一直尋到幕外，寶乾也追了出去。

秀目在幕內聽見寶乾說：「也不一定是不見了，或者給什麼人拾了去，正在找我們呢，走吧，恢復了本來面目，再給你介紹我表哥。」

有椅子發出的聲音，大概是通過觀衆席那邊走了。

秀目獨自留在舞臺。他的周圍彷彿也留有舞者們綽約的姿影。

熱衷於活動攝影，或許只是爲了把無形的姿影永久收藏吧。他在美國紐約攻讀電影系，最近回港渡假，新買了一部小型活動攝影機，剛好表妹寶乾高中畢業，學校舉辦畢業生文藝晚會，最後一個項目是三幕的歌舞劇「霓裳羽衣曲」，寶乾在裏面反串唐明皇一角，請他把節目拍攝下來。

事先，她給他看節目單，指著秋光的名字說：「她就是楊貴妃，我最要好的朋友，舞跳得好極了，我們是一起學中國舞的，到了那天晚上你就可以看見她了。」

當晚，秀目依約在節目開始前來到後臺，卻不見表妹寶乾。時間已經相當緊迫，他把攝影機準備妥當，又找不著電源。後臺的人匆匆忙忙，沒有餘暇理會他。這時，一個穿黃色古裝女子來到後臺，因爲正爲頭上的髮髻簪戴珠釵，半走半停的。手旣高舉著，戲服的袖子便褪落下來，堆成一層層，露出一節色淺因而顯得白的手臂，就像一片葉子較少向著陽光那一面。她的頭微微向左低傾，彷彿不勝珠釵的負荷。

秀目趨前問她，「請問揷頭在哪裏？」

那女子呆了一呆，很抱歉的說不大清楚，但是馬上盡心幫他尋找。所有電源皆被佔用。她和她同學打商量，設法騰了一個給他。然後就有人催促她出場，沒有多說話的機會。走出去時她又抬手扶了扶珠釵。

或者因爲幫他尋找電源，躭誤了時間，髮上的珠釵戴得不十分牢靠，以至舞蹈當中因鬆動而跌落。

秀目和寶乾的家人都來參加晚會。兩家在校門外會合。寶乾一直挽著秋光，因此秋光的家人也和他們走在一處。寶乾的父親說難得這樣熱鬧，提議去宵夜。一行人走在夜晚的街道上，路旁一棵大樹的密枝後露出白白的一點月。秀目揹著沉重的攝影器材，落在後面，寶乾和秋光相併的背影在他前方，像光一樣被他清楚看見。天氣暖和，他上身只穿一件單衫，珠釵被他放入褲口袋內。

秋光在舞臺上尋找珠釵的時候，寶乾的突然出現，使他不便承認珠釵被他拾起。

原不知是表妹寶乾的物事。如果把珠釵還給她，他不知道如何解釋拾釵的行爲。可以說是她去卸粧後他無意中拾到的，但是爲什麼隔了這麼久才交給她？

不是秋光的東西，自然沒有理由給她，即使給了她，她也會交還寶乾，雖然他覺得簪著它跳了一場舞的秋光更應該是它的主人。

也不是他的東西。現在，卻爲他所有。

不久之後又有一個聚會。寶乾邀請當晚參加「霓裳羽衣曲」演出的同學們來看秀目拍攝的影片。爲了省卻搬動器材的麻煩，聚會地點定在秀目家。

播放影片的時候，大家團團圍坐，指指點點，觀看小銀幕上的畫面。因爲種種條件的限制，只能算是技術原始的錄影片。播放至第三幕楊貴妃出場不久，畫面突然出現兩秒鐘的空白，隨即恢復正常。

「怎麼回事？」寶乾道。

「我也不知道，可能是當時不小心踢到了電線，」秀目回答她。

眾人對這答案似乎很滿意，沒有再追究。然而，半黑暗中，他隱約感到秋光向他望了過來。待他朝她所在的方向望去，她已經把視線移開了。

看完錄影片，大家一邊吃點心，一邊閒聊，自然而然談到出國問題。寶乾將到加州升學，秋光則去夏威夷。有人問秋光要地址，但秋光在那邊的地址還不確定，讓同學們先把地址寫給她，她有了地址再通知她們。她把一本通訊簿交給旁邊的同學，然後一個一個傳過來，每個人都把自己的地址寫進去。簿子傳到秀目處，他不禁感到爲難。嚴格地說，他和秋光還不能算是朋友，擅自把自己的地址寫進去，好像不大合適。

寶乾挨著他坐，看見他的窘相，就用肩膀碰了碰他，笑道：「怎麼，連自己的地址都忘了，要不要我告訴你？」

他這才把自己在紐約的居址寫到通訊簿空白的地方。

九月上旬秀目回到紐約，重過學生生涯，隨著季節轉變而深入於珠釵的世界。這個由許多約三毫米直徑的白珠子所串成的中國女子的傳統頭飾，與他的異國生活，是如何新奇的一種結合。鍍了銀色合金的釵脚一端，十個長圓型的珠環花瓣似的由小至大排列成花的形狀。從花心伸出由三行珠子扭成一股的珠蕊花，約一寸，可隨意彎曲。珠蕊花末梢又有一個設計，只有指頭大小，說不上是什麼花款，中間嵌著一顆直徑約七毫米的珠子，有點像一隻眼睛。從這裏再垂下珠串。三條底部墜著七毫米直徑珠子的珠串，造成流蘇似的動輒搖晃的那一部份，帶動整支珠釵的光采和意趣。

釵脚雖不尖銳，放在口袋裏，久了也會扎穿衣服。秀目用硬皮紙給珠釵做了個合身的紙盒，便於攜帶。

氣候轉涼，手的溫度與珠釵的溫度往往不一致。珠釵似乎有它自己獨立的溫度，夏天不覺其熱，冬天不覺其冷。

感恩節，秋光寄了一張賀卡給他，上面附有回郵地址，他這才寫信告訴她關於拾釵的事。

「你會覺得我這個人很奇怪嗎？」他在信上寫著，「冒冒失失的把珠釵據爲己有，然後完全拒絕相信它是我表妹或任何其他人的東西。我總覺得它是你的，直到現在也是。小小的一支釵，遠路陪伴我來到這寂寞的異國，我只好暫時保存它。」

「聽表妹說你是個舞蹈愛好者……」

（從小喜歡跳舞，秋光在回信上說，當初或者只是喜歡擺出美妙的姿勢，長大後，總覺得舞蹈時能夠接觸到自己的深一層的什麼……你破壞整卷錄影片的完整性，替我掩飾「霓裳羽衣舞」中我露出的破綻，還沒向你道謝，雖然我不知道你爲什麼要那樣做。在我學習舞蹈的過程中，這樣的事情發生過無數次。）

那樣做是出於一片愛護她的心。對於一女子，他第一次有這種心情。希望她在人前保有完美的形象，因而毀滅他認爲足以破壞這形象的鏡頭。結果以兩秒鐘的空白，破壞了她的舞蹈的完整性，反而教播放影片那天在場的人，除了秋光，全數被他蒙騙。

對於他的攝影機的過分信賴，果眞陷他於不忠不義，倒不如像舞蹈一樣，以美好的舞姿爲流動的人生作證，而不留任何痕迹。

他開始接近舞蹈，閱讀舞蹈方面的書籍，學習節奏與形態本身的意義。入春，當地的芭蕾舞團演出舞劇「伊甸園」，他去看。

「第一次花錢買票去看一場舞，」他在信上爲秋光述說這次經驗。黃昏時分踏著閃爍的春冰去看舞，感到生活在轉變中。「老實說，對於舞蹈我是百分之百的門外漢，這次去看舞，最想知道的是，舞蹈之中，到底有什麼吸引了你。我一邊看，一邊想這個問題，只見舞臺上一個個都在轉圈子，大的、小的、集體的、個人的……」

一圈圈的圓，不斷收縮擴張，生生不息……他忽然若有所悟。

「有一點我倒是注意到了，就是芭蕾舞孃們的髮型都很簡單。其實，功勞全歸那支珠釵。不是因爲它，我也不會去注意女舞蹈員的髮型。還記得你以楊貴妃面目出場那一次，就像中國婦女盛裝見客，連頭飾也多姿多采。至於較爲體育化的芭蕾舞，簡單俐落的髮型當然輕鬆方便得多。」

兩個月後，秀目猶在給秋光的信上，以及回憶中，重溫這齣舞劇：動作的傾向在在表現向上的精神，或許因爲神在高處。「霓裳羽衣舞」中楊貴妃在仙界出現，用的是一種滑行的步法，以表達無止境的時空；「伊甸園」也有從天而降的天使，背上長著翅膀，盡力跳高跳遠，強調神的非人。（秋光說，芭蕾舞比任何舞蹈更接近一種修行。那貴族、矜持、超現實的世界，像夢境一樣展開又摺起。貼肉的緊身衣充分把握人體的綫條，使更能深切的體驗人體的自由與限制，從而成爲自己身體的主宰。記得小時候跳芭蕾舞的那件可愛的淺粉紅舞衣，我一穿上就不肯脫下，高興便舞兩步，連日常生活動作也化入舞姿之中。回想起來，已記不起我常跳舞的那個客廳究竟向著哪一方向。雖然陽光穿過盆栽從窗戶斜斜曬進來的情景至爲深刻，但是到底記不起那是早晨，抑或下午的陽光。那是因爲從早到晚跳舞的緣故。）

陽光照耀案頭的盆栽使其繁榮茁長。秀目把珠釵插在花盆的泥土中，日夕相對，培養了種植者的心腸，彷彿盼望它長高開花，與青青的植物相輝映。在日光下燦然的珠釵像某種奇花異草，只須把每一顆珠子所反射的那一點光串連起來，所串成的釵，將屬於另一層次的存在，屬於無物質的靈的世界。或者即是光的世界。

暑期來臨，秀目到加州探訪表妹寶乾，在她的帶領下參觀她的學校。校園裏杜鵑花已經開放，一叢叢白的、粉紅的花底露出綠來。草地上偶爾看到從別處吹來的早落的杜鵑。寶乾把一朵杜鵑從地面上拾起來，戴在鬢旁，馬上變成個熱帶姑娘。

他如今是鈫的持有者，寶乾毫不知情。他也沒有告訴她一直和秋光通著信。

「有和宋秋光通信嗎？」

「有啊，」寶乾道。

「她還好嗎？」

「還好，只是有點想家。」

「眞的？那她爲什麼不回去渡假？」

「她要留下來學跳舞，她說想廣泛地接觸各種舞蹈。」頓了一頓，寶乾又道：「她搬了家，你知道嗎？住在第九樓，看得不知有多遠，有時候椰子剖不開，從窗口扔出去就行了。」

秀目笑了起來。

「喂，我唸戲劇，你說好不好？」

「當然好，你喜歡唸什麼就唸什麼。」

「你當心啊，唸完出來我更會演戲了，你分不出眞假的。」

秀目笑道：「你儘管放心，反正我抱定宗旨，絕對不相信你就是了……宋秋光呢？她唸什麼？」

「她已經決定唸社會學了。」

「哦?」秀目很驚奇。「不是舞蹈系嗎?」

寶乾瞪了他一眼,「什麼舞蹈系?你以爲她是神仙,光跳舞就可以過活了?」

「我不是這個意思,」秀目說,但也沒有加以解釋。

兩人無言地走了一會兒。

「她喜不喜歡夏威夷?」

「很喜歡,尤其那裏的海灘,還有一些小島,她說簡直是仙境,叫人好想跳舞。」

(正在學習日本舞。在我的日本舞蹈老師最近的公開表演會裏,我負責的那支舞,關於一個漁村女郎在海邊等待出海捕魚未歸的愛人。東方的舞蹈善用手指,以柔和曼妙的手勢表現出來的情操,安詳謙遜。你能夠想像嗎?秋天的彩霞把整個海面照滿了它們自己,白鷗盤旋飛鳴,如白色的鷹,脚底的沙被海風吹得涼如水。身著深淺藍相間的波浪紋日本和服跳這支舞,恍如置身於潮水翻湧的海灘,有所等待。我想到人生的流浪不定無非都是爲了相聚和離別。)

讀著秋光這個夏天的書信,秀目不禁在指間摩挲珠釵,感覺著釵的微涼,似乎也感覺到舞者的髮,被海風吹得有釵的涼意。

海灘上舞者的足跡,轉瞬爲潮水沖滅。

「暑假我到表妹那裏去了,足跡遍及加大校園……」

秀目在窗前的書桌給秋光寫信，時時抬頭望向窗外。這個位於二樓的居所，面臨商店林立的馬路。對面路旁種植著幾棵大樹，不知道是什麼樹，枝幹很黑而葉很綠，在晝長夜短的季節裏，以整個綠的色系迎向陽光，並且隨風擺動，像一種巨大的樂器，從每片葉子吹奏出風雨的聲音。當青黃兩色在每片葉子上相接觸，秀目開始看見成羣的落葉。似乎每向窗外望一次，飄零的落葉更多一些，比他寄到遠方的書信要多得多。失去了所有樹葉的枝柯，很樸素的樣子，有一股荆釵布裙的風韻。及至爲白雪所覆蓋，又有一種日本庭園的黑石的致趣。偶然從樹上落下沉重的雪塊，如同落下雪白的果實。

窗外有雪花飛舞，比他的信紙還白。

「……寒假表妹到我這裏來了，我帶她遊遍紐約城，有許多地方連我自己也沒去過。因爲聖誕節，市區裏異常熱鬧，節日氣氛很濃厚，只可惜你不在此。我和表妹經常談起你，她說你正在學習夏威夷本土的呼拉舞。但願有一天能夠看到你跳這種舞。據說夏威夷的呼拉舞是擅長描寫故事以及美麗的風景的……

……這個學期我們學校新開一門自然舞的科目，我想選修……」

這次開學，是他在美國第三年的冬季學期。還有一年便要畢業，有時不免感到前途茫茫。他常去看舞蹈，一場又一場舞蹈形態萬千的從他的眼前過去。它們對他的未來也有詮釋嗎？

「自然舞的第一課，我們的女教授在黑板上寫道：什麼是舞？囑我們把各自的想法寫下來交給她。然後她開始講課：世界之初，自然萬物已深具舞的精神，其內在生命的自然流露，乃是對於自身生命的感恩，於是有人說，舞蹈也是一種祈禱。人類天性愛美，且善於模仿，我們生活中的藝術以至於日常用品，取材自自然萬物——光、影、風、雲、山、水、一切動植物、以及此時窗外一邊舞落一邊溶化的雪花——我們模仿其動感，通過精神、智慧、與體能的結合，以韻律的動作，充分發揮人體的自然美，賦予音樂可愛的容貌。這就是文明舞姿的開始。所以說，舞蹈乃人類與自然界之間永恒的盟約。」

秀目開始注意街道上隨地洋溢舞意的姿態。層冰尚堅的時候，小男孩喜歡在冰上玩滑行的遊戲，弓起的身體聚滿衝刺的意志，顏色新鮮的冬衣映著雪，不是衣服而只是色彩。及至雪開始溶，這種遊戲便像消失的傳統一樣，再也看不見。一個黃昏，街燈初初燃亮，梳著一雙蔴花辮的黃髮小女孩，孤獨地立在燈柱旁，一手半抱燈柱，一手翼似的張開，繞著燈柱轉圈子，轉了一圈又一圈，彷彿想收集所有圓圈的力而飛躍地面。最常見的景象就是揹著書包的半大孩子，一邊走路，邊把罐裝汽水的鐵皮罐當作皮球踢。罐子磨擦著因爲溶雪而凹凸不平的路面，聲音裏有一種說不出的城市的蒼涼。不知不覺間雪季結束，經常下雨，提著傘十七八歲的長髮女孩低頭沿著人行道走，頭髮從耳旁滑垂下來，她兀自一方格一個方格專注著走，傘尖準確的在兩個步子間點戳地面，節奏相當清爽。下雨了，她張開傘，傘的位置隨著雨勢旋轉移動，而所有植物都開始張開自己的傘，含苞發芽，抽葉開花，成春過程清楚而熱烈，樹底的風景是扇底的風，走在秀目身旁的東方女郎矯捷地跳起躍高，從樹上抓下一把樹葉……

「如果我死了，你用這把樹葉葬我就行了，」寶乾說著把手中的葉子往空中一拋。

「喂，我問你，爲什麼我給你寫信，你都不回？」

秀目沒有回答。向來有話要說，總在信上告訴秋光，寶乾給他的信，他空自面對著，卻不知如何回覆。他不想給秋光和寶乾寫同樣內容的信。

這次寶乾是與一位外籍男友同來紐約遊玩的。秀目向來也知道這個表妹男友衆多。這一天，寶乾的男友找他的一個朋友去了，秀目便約了寶乾出來在中央公園一帶散步。他們的暑假很長，現在只是五月，所以雖然說是暑假，春天還沒有過去。

「還有什麼地方想去？」秀目問道。

「很多地方都去過了，這一次要不是我朋友要我來，我根本不想來。」

「那麼下一次放假，你大概不想再來了吧。」

「不想了。」

秀目沒有再說什麼。

「你覺得秋光怎麼樣？」寶乾突然道。

秀目嚇了一跳，「什麼怎麼樣？」

「你對她的印象怎麼樣？」

「爲什麼這樣問？」

「我問問罷了。」

「她是你的好朋友，你應該比我清楚。」

「但我想知道你的看法。」

秀目笑了起來，「我對女孩子是最沒經驗的，我能有什麼看法。」

「如果你多一些機會和她接觸，你會不會愛上她？」

秀目又笑，「你怎麼了，越說越遠了。」

「那邊很多人追求她。她似乎具有某種魔力，能夠把人引到她身邊，她叫他們做什麼，他們就做什麼。」

「你怎麼知道？倒好像是你親眼看見似的。」

「當然是有人告訴我的。」

他們出門的時候是下午，現在，已經有了夕陽西斜時整個天空降落的感覺。人的影子在地面動，如同被風吹得微微飄舞，晾著的衣裳的影子。一個小男孩踏著滑板從他們身旁飛快滑過，雙手把書包高高撐在頭頂；四周的高樓大廈猶如一隻隻的巨人手臂，把天空撐在上面。

天漸漸黑。

「去看一場舞吧！」秀目說。

他們去看由哈梅倫小說「魔笛」改編的舞劇。

是饒有現代感的芭蕾舞。較諸古典芭蕾舞更接近人類原始的動力。譬喻以脚頓地這個動作，就常見於南非、歐洲及北歐等地的原始舞和土風舞。此外，手掌斬切、下按、上頂、肘摀等，亦爲古典芭蕾舞所無……

從劇院出來，秀目忘形地發表議論。寶乾很驚異於他對舞蹈的認識。她這樣對他說了。

「不，還不夠。」秀目說。

簡單的簡介資料談及十一至十七世紀流行於歐洲各地的舞蹈狂熱。成千上萬的人不分晝夜在街上瘋狂舞蹈，直至死亡。一二三七年，在德國，一千名以上的孩童從艾福舞到阿倫休達特，有無數倒斃途中，由此產生魔笛吹奏者把孩童引入深山的傳說。美國詩人奧登在「死亡的回聲」一詩中也有舞向死亡的說法。

「不，還不夠，」秀目想。

或者舞蹈也須舞向死亡，方始合於自然之道，他想起上第一課自然舞時，課室窗外一邊舞落一邊溶化的雪花……

「我眞沒用，」他寫信給秋光，「這次寶乾來，跟我說了一些關於你的話，我想來想去，不知爲什麼，心裏總覺得不是滋味……」

寒假裏他本想拍攝一輯五分鐘的電視錄影片，以寶乾爲拍攝對象。但她既曾表示不願再來紐約，秀目覺得不便啓齒。他把這種心情告訴秋光，大概是秋光跟寶乾說了什麼，因此寶乾未等他開口，這個寒假又來了。秀目倒有點過意不去。同時，不由得想到秋光與寶乾之間是否經常談論他，就像他和寶乾經常談論秋光一樣。

他所構思的影片取名「獨舞」。影片中，寶乾穿著淺粉紅的裙子不停的舞蹈。短短五分鐘內，從白晝舞到黑夜，時而在房內的燈光下，時而在戶外的雪地上，時而快，時而慢。寶乾似乎樂於參加這份工作，拍攝期間兩人跑了不少地方找外景，倒是高高興興。

把攝影機的鏡頭對準寶乾，秀目不禁有一種異樣的感覺。他想起兩三年前他如何通過鏡頭驚喜地發現秋光。現在，鏡頭另一面的寶乾，又使他深切地感受到潛伏於她體內的舞蹈生命。那麼，透過鏡頭所看到的世界與肉眼所看到的世界是否兩樣呢？抑或在鏡頭與肉眼之間，他本身經歷了蛻變的過程？

影片拍攝完畢，經過一番剪接功夫，便輪到配樂。那天，秀目約了寶乾一起到配樂室工作，已接近完成階段。

秀目開心的說：「你看，配了音樂，簡直就是另外一個世界，可見音樂的魔力有多大，即使眞的有吹魔笛的人把小孩子引入深山，也不足爲奇。」

螢光幕上以慢速放映尾聲的一幕。那是夕陽西曬的光景，窗臺上的盆栽鬚葉分明，寶乾翩翩而舞，側臉以及全身的影象重疊在一起，有一種華麗的孤寂的意味。

「你拍得很好。」

「沒有你幫忙，我也拍不成，」秀目笑道。「下個學期當作作業繳出去，拿個A是沒問題的。」

最後一個鏡頭租用了學校攝影間又費了許多周折才拍攝成功。漸漸淡入的，是寶乾盤腿而坐的剪影，一手指天，一手指地。

「這個鏡頭倒很有東方風味。」

「這完全是投機取巧，倒不是我故作深刻。一般教授對於有地方色彩的東西特別容易接受，分數也打高些。」

他們又把錄影片從頭看一遍。

靜寂中，寶乾突然說：「你喜歡秋光，是嗎？」

秀目驚愕的望著她。

寶乾聳聳肩，「我只是有那種感覺，每次說起秋光，你的神情總是怪怪的。」

秀目忽然覺得無所依傍。

「無論怎樣，那是虛無縹緲的事情，你根本不認識她。」

「但舞蹈並不是虛無縹緲的。」

「就憑舞蹈？」

「嗯！」

「舞蹈並不是秋光。」

「只有這樣了。」秀目惆悵地說。

螢光幕上又是那個殘陽窗前的鏡頭。秋光小時候也曾在斜陽中舞蹈，分不清那是朝陽，抑或夕陽。

「她知道嗎？」寶乾說。

「我不知道。」

「不如由我寫一封信去，告訴她。」

「你可別，」秀目忙道。「你千萬別那樣做。」

「哎，這有什麼不好？」寶乾忽然調皮起來，搖頭晃腦的說：「也好讓你們得償素願，互訴別後離情呀！」

「別開玩笑了，你知道人家怎樣。」

「那你就別管了。」

「你可別胡來，」秀目又說。

寶乾只是笑。

再看螢光幕，寶乾盤坐的剪影已在漸漸淡出。

新學期來了又去，秀目順利畢業，申請在當地的一家小電視台當見習，獲得批准。開始工作前，他單獨出去旅行，乘坐火車橫越許多省份。常常，在火車上，看著車窗外奔流的野景，一絲旅愁便不期然襲上心頭。

有時候，火車在一些荒僻城鎮的小站作短暫的停留。想像著鎮中人民寧謐安靜的生活，就更感到自己是一名火車上的觀光旅客。

一隊年齡在十四至十七之間的童子軍登上車來了，或許他們正要到鄰鎮參加某種聯誼活動，車廂中頓時朝氣蓬勃。站旁的空地上歪著一輛式樣相當古老的手推車，輪子看起來已經銹得轉不動，就跟西部牛仔片中火車站的手推車沒什麼差別，而這個車站的服務員就是利用這輛手推車把旅客的行李運上行李廂的。月台上，一個穿鮮粉紅裙子的小姑娘立在春日的陽光中，並未覺察一隻小黃蝴蝶已悄悄掩來停在她的裙裾上，無疑的，把她當作一朵甜蜜的花；牠不知道牠自己其實更像一朵小黃花，而那小女孩才是平衡在花上的大蝴蝶。

透過珠釵花瓣形狀的環眼看這些，一切景物被籠罩在朦朧的珠光中。那是近乎電影裏回憶的場面常見的那種朦朧。秋光也在那裏，正爲頭上的髮髻簪戴珠釵，袖子慵倦地褪下來堆成一堆。他不禁想到古時女子在畫眉、點唇、塗脂的時候，也是這樣愛美，而袖子容易褪落的嗎？

火車發動，秀目正數著珠釵上的珠子。他數了好幾次，方才確定珠釵是由二百八十一顆直徑三毫米，四顆直徑七毫米的珠子所串成。這支有著二百八十五顆珠子的珠釵，在陽光下非常美麗，托在手掌心，有著傳家之寶的份量。那種靜止，彷彿充滿了對於未來的張望，也許正在等待一舞者的髮，一場華麗的舞蹈。

剛剛踏入社會工作的他，除了感到一切新鮮刺激之外，難免也感到心理上的壓力，較諸學生時代沉重。每當心情抑鬱，獨行於漫長的街道，就不由得心中靜靜地對自己說：「去看一場舞吧！」

他不知道如果當年的他，換了如今的他，還會不會有那份閒情，把一個陌生舞者所失落的珠釵，又從地下拾起來。

這一年，寶乾和秋光都畢業了。寶乾將在加州結婚的消息，並沒有給秀目帶來太大的意外，夏秋之交，他遠赴西岸參加寶乾的結婚喜酒。

婚宴設在一家中國酒樓。秀目抵達那兒的時候，已然快將入席。他沒有看見寶乾，想必是在化粧間。秋光大概也在那裏面吧！從秋光的來信上，他知道她在結婚儀式中擔任寶乾的伴娘，所以會提早前來加州預備一切。而他因爲工作關係，時間上來不及，無法參加白天的婚禮。

新郎是一個美籍華僑，秀目不認識。直至開席，新娘方始出來與賀客見面。秀目遠遠觀望著。今晚上的寶乾雍容華貴，落落大方。雖然四面有人需要她應酬，她還是抽空跟秀目說了幾句話。不知爲什麼，她竟然沒有提到秋光，秀目又不好意思向她打聽。

酒席上了兩三道菜，仍未見秋光出現，卻聽得座中一位上了年紀的男賓說：「聽說等一下還有助慶節目呢，哈，我喫過那麼多次喜酒，還是第一次碰到有節目看的。」

不一會兒，果然有司儀上場爲大家介紹節目。餐廳一面的牆脚有一座淺淺的平台，就跟學校課室的講臺一個樣子，作爲表演場所之用。

幾個寶乾的同學上臺唱過祝賀歌，接著便是一齣與洞房有關的趣劇。

秀目無聊地看了半响，起身上洗手間，整個臉就著水龍頭沖洗一陣。又洗了手，濕淋淋的手往頭髮上抹，連頭髮也弄濕了。

牆壁的鏡子把他臉上的水珠一顆顆映照出來。久已習慣攝影機鏡頭的他，已經不太習慣鏡子。在寶乾的婚宴上，反而有機會在鏡子中端詳自己的臉，使他覺得奇異。鏡子中的世界，與攝影鏡頭裏的世界，是不是同一個世界呢？

外面傳來鼓掌的聲音。

洗手間裏雖沒有人，外面卻壅塞著人羣，簡直舉步維艱。許多人都站了起來看節目。重疊的人體，像舞臺的一重重布幕，隔斷了他的視綫。這時，一縷細微的樂音，從平台處傳來。那是飽含熱帶風情的，雄渾的男低音。這個陌生民族的歌聲，使秀目的心莫名其妙地急遽跳動。

他眼望著前方，慢慢穿越人叢。

當你看見，月光下的漢娜拉
你在天堂，在海邊
每陣微風，每個波浪
在輕輕細語
你是我愛，請勿離開
漢娜拉，漢娜拉的月亮，所愛的光

考艾島，漢娜拉，漢娜拉的月亮

秋光望著他微笑，充滿象徵美的手勢描摹月亮、天堂、海邊、微風、波浪、細語、你是我愛……

鬢旁插了一朵盛放的黃薔薇的她，穿著滿是碎碎的小黃花的長布裙，赤著的雙足在裙裾形成的波浪底下游進，如嬉戲的小白魚。

秋光獨自舞了一遍，跑下平台，把新人席上的寶乾拉上台去，又從頭舞著，「當你看見月光下的漢娜拉……」一身中國式新娘裝的寶乾比較沒那麼熟練的學著秋光，把雙手置在眼旁表示看，右手低低的揮出又揮入，形容漢娜拉的土地，然後兩手圈成圓圈，由懷中移向頭頂，月亮升起……

「霓裳羽衣舞」之後，秋光和寶乾終於又共同在一個台上跳這支夏威夷呼拉舞「漢娜拉月亮」。

多年來，秀目通過無數舞者追求秋光那顆舞者的心，今天在寶乾的筵席上，才又看見秋光，以她的舞姿作出熱情的演繹。

「終於看見你跳夏威夷舞了。」

秋光從台上下來，秀目笑向她說。

相聚的時間非常短暫。秋光寄居在寶乾的一個朋友家裏，席散後，自然隨那個朋友的車子回去。她爲了寶乾的婚事已躭擱了不少日子，次日便飛回香港。秀目也須回到紐約的工作崗位，不能相送。他只得立在酒樓門口，目送載著秋光的車子遠去。

秋光返回香港的家，寶乾渡蜜月去了，秀目獨自留在美國，因爲依依之情，寫信給秋光：「這些年來，在人生的旅途上，多少次獨自摩挲珠釵，每次的感受都有所不同……」

他曾經因爲想聆聽舞蹈之時，珠釵在舞者的髮上所發出的聲音，而把珠釵風鈴似的懸掛在當風的地方。然而，被從一個方向吹來的風所拂動的珠釵，是不會發出任何聲響的。那是因爲所有珠串被平衡地吹向同一個方向的緣故。以手搖動珠釵，所聽到的聲音既不清脆，亦不圓滑，只是比指甲互相碰撞的聲音稱爲響亮一些而已。把珠釵簪在髮上舞蹈，跳躍於耳際的，大概就是這種單薄、短促、因而有些可憐的聲音。

有一天，他發現釵脚的鍍合金已經現出銹斑。

時光飛逝，待年老之時，以釵脚搔頭，大概也會發現頭髮稀落吧。

這支珠釵，分不清是因爲回憶，還是因爲對於保存多年的物件日久生情，已經成爲自己的一部份。

當年，由於一種少年的鍾情，他把珠釵從地面拾起來。

那個他回港的第二天晚上，踏過熟悉的街道，前去尋找秋光的途中，他對此更無懷疑。從秋光的家人處，他得知這個時間內秋光正在某地區的康樂中心授社交舞。

「什麼時候學起社交舞來了，」秀目心想，「而且居然已經開始授徒了。」

香港的月亮剛剛升起，圓圓的守在一個住宅的高牆上，彷佛她的居所就是高牆內那戶人家。

跨過康樂中心的入口，立刻聽到從左手邊關閉的門後傳來一陣音樂。他認得那是一支名叫「黃寶石」的倫巴舞曲。秋光明朗的聲音隨著音樂傳送出來。秀目聽著聽著，不禁覺得好笑。

「手肘抬得那麼高，回去肩膊酸可別告訴我！」

「別這樣子，應該……這樣子……不對不對，不是這樣，怎麼不聽我說……」

「跟著我數拍子，快、快、慢……快、快、慢……快、快、慢……」

一九八六・三

憶良人

丈夫遠行了。

近十年的婚姻生活，丈夫從未單獨遠行。早晨，在醒與未醒之間，世香仍舊習慣性的把細小的身子往丈夫平日睡眠那邊偎了過去，像一個浪捲向陸地。與其說出於一種親愛的心理，毋寧說爲了確定身邊有一個人。在牀上拋了錨似的丈夫的體重，如夢中的島嶼，是個可愛的地點。

今天，她彷彿是在一個陌生旅館的房間獨自醒來，睜眼看早晨的窗開向異國的天空，而想念遠別的親人。此刻丈夫想必已在遠方。

其實她有點敬畏她的丈夫蒲傑。

昨日上午，蒲傑重新整理她事先收拾好的行裝，一邊發牢騷：「我眞不明白，同一個行李箱，為甚麼我能放得下的東西，你就偏偏放不下，娶個老婆回來，連個行李箱都不會收拾，眞倒霉！」

世香坐在牀沿，把袖口脫落的一縷絲線放入嘴裏嚼著。那朱紅的線從嘴角拖拉出來，彷彿唇間沁出血絲。

「該帶的不帶，不必帶的都塞給我帶，」蒲傑數落著，把鑲在相架裏的，足足有電話簿那麼大的世香的半身照擲到牀上。

「我想，你在那邊看不見我，看見我的相片，也就等於看見我了。」世香解釋給他聽。

她站起來，在牀的周圍踱來踱去，繞著丈夫團團轉。

「錫生到機場接你？」

「嗯，」蒲傑抬頭望著她，似笑非笑，「你有甚麼話要我通傳的嗎？」

世香偏頭考慮了一下，「你告訴他，我很好，叫他不要擔心。」

蒲傑打眉底下看了看她，「好，我告訴他。」

「你告訴他，顯抒也很好，已經八歲了，正在唸三年級，長得越來越像我，和我梳一樣的髮型。」

世香又在牀沿坐下，把枕頭抱在懷裏，枕著下頦，前後搖晃著，「告訴他，我學會了種花，家裏種了曇花、簕杜鵑、百合、龍吐珠、錦珠、芍藥、巴西蘭、君子蘭、朶朶香、四季橘、楊鳳球、鳳尾草……告訴他，家裏也養了魚，有三條黑摩利、三條日本蘭鑄、一雙紅劍、一雙滿地金、一條紅頭……告訴他……」

「你要把十年來的事告訴他，你自己寫信，我可記不住，」蒲傑打斷她道。

世香看著丈夫把行李箱闔起來，放在牆角，又半自言自語的說：「他爲甚麼留在那邊做事，不回來呢？」

「這也是要我通傳的話嗎？」蒲傑似問非問。

錫生在美國某城工作，蒲傑因爲業務上的關係到那個城市去，就住在錫生家。若不是錫生在美國，蒲傑也不會放心遠行。這並不能怪他瞎疑心。他不在，世香未嘗不願意和錫生偷偷情，何況錫生還是她的舊情人。

錫生和丈夫雖是好朋友，她卻也不敢肆無忌憚的在丈夫面前表現出對錫生尚有餘情，儘管他也會很大瞻隨便，顯得毫無機心的說：「不知道道錫生怎樣了，他爲甚麼到現在還不結婚！」他那副略有些貴族氣派的長相，經過這些年，應該是比較像一個放逐在外的落魄王孫了。

世香七點鐘被鬧鐘鬧醒，却不立刻起床，撥開窗簾，好天氣伸手可及。天空藍得像地圖上的海，羣島一般的朝雲浴在藍海上，漂流到遠方。

換了平時，她說不定就扭動身體硬把丈夫擠醒，膩著聲音說：「我不想起來，你去叫顯抒，你去嘛！」肩膀使勁的頂著丈夫，聞著他身上的汗臭，以及男性肌肉的豪放的氣味，「你去嘛！」

蒲傑哼哦一聲翻個身，把後腦對著她。發出水草一般黑光澤的頭髮亂長著，正中央露出銅錢大的一塊青頭皮，呈現螺旋紋的、嫩嫩的青頭皮，像個怕癢的肚臍眼，惹人憐愛。

他也會嘀嘀咕咕爬起牀，惺忪懵懂的摸到顥抒房間，後父似的，很客氣的用手指尖碰碰女兒，「顥抒，起來囉，該上學囉！」

隔房的世香在枕頭上聽見，往往不爲甚麼的笑起來。

她終於下了牀，光著脚丫跑到隔壁房間，一鑽就鑽進女兒的被窩，擁著女兒親嘴，嘖嘖有聲，直到女兒被她煩得不能不起來爲止。

顥抒到洗手間梳洗，世香坐在牀上賭氣，「好，不讓我親，以後叫你爸爸來叫你，我不來叫你了。」

她給女兒弄了一份火腿三明治，給自己也弄了一份，大口大口吃。

顥抒望著她的眼神似乎頗不贊成。

「是啊，媽媽今天的胃口好極了，你可得小心些，」世香用警告的口吻道。

匆匆穿著一下，便領著顥抒到大廈門口等校車。不止一次，她在女兒的被窩裏睡著了，待她十萬火急一襲睡袍的趕到樓下，校車早已走遠。

她帶顥抒跑回樓上，半跪在牀邊，搖著蒲傑的膀子，「喂，起來，開車送顥抒上學，校車走掉了。」

在不應當的時間吵醒丈夫，發現無窮樂趣似的，她撒嬌般地叫道：「起來！」

平常把顥抒送上校車回來，根本沒時間打扮，蓬頭垢面的就服侍丈夫吃早餐。從前下過決心起早半個小時，化好粧，給丈夫一天之中見她的第一面留個好印象。但是她說甚麼也起不來，所幸頭髮短，再蓬鬆也只是凌亂美。

今天她不鋪牀，也不打掃房屋，坐在梳粧臺前濃淡適宜地爲自己化了個粧。她的半身照就在梳粧臺上，或者原來也是一面鏡子，照到她的臉就突然死了，從此不能再照別的東西，只保留了她的臉——它臨終看到的最後的容顏。

陽光從敞亮的窗口照進來，粧臺上靜靜的塵埃，泛出一層淡金的絨光。屋裏靜寂異常，近乎空靈，這時候的鏡子也似乎有一股心鏡的意味。橢圓型的粧鏡如同一塊銀色的寒玉，散發出夜涼；陽光卻有著白晝的昏濁的氣息。一冷一熱兩種元素，在鏡中交會融合成她溫暖的肌膚。

她端詳自己朱粉輕施的臉。即使不塗唇膏，看起來也唇是紅肉，臉是白肉，紅白分明；眉眼部份黑得有墨香，腮部、下頦的輪廓，以及緊湊的唇線，造成青少年的稚氣。

時下流行短髮。她早在十年前便是左邊分界的男裝髮型。

錫生曾經雙手挽住她的腰向她說：「我喜歡你這個髮型，有一種小後生的味道。男裝打扮的女孩子，性格的一部份也反串男性，但通常只能做到男孩，反而瀟洒迷人。」

他的十指纖瘦，雙臂卻強而有力，她的腰在他的臂彎裏彷彿一段軟軟的無核的瓜。

世香選了一套鮮橙色的套裝穿上，出門買菜。只有她和顥抒吃飯，不必如何張羅，但她今天想到菜市場看看滴水的蔬菜，亮晶晶的水果，顏色好看的原始的葷素。

陽光下的菜市場像花園一樣。

「邵太太，今天好漂亮哇！」有相熟的小販說。

她非常開心，「眞的？」覺得自己人見人愛。

「邵太太，今天放假呀！」另一個小販說。

世香走過去了才覺得這話說得奇怪，回頭看那人一眼。

她買了許多菜，又買了一紮噴香的薑花，比辦嫁妝還感到興奮。

蒲傑是稀有的對飯菜錢表示興趣的丈夫。數目瑣碎的飯菜經，他聽著不厭其煩。兩夫婦一同買菜，與小販討價還價，他會說出這樣的話來，「不行，你不能騙我，黃瓜今天不可能漲價。」

菜買貴了他會不高興。

「告訴你多少次了，他們那些人，就只知道漫天開價，騙斤兩，騙錢，能騙甚麼就騙甚麼。」

籌備結婚的時候，買房子，買傢俱，全由他出面交涉價錢，她跟在後面，陪著笑臉，附和他的意見，已經是賢淑的妻子。

逛著市場，她想起那一次和錫生到市場買菜，準備上他家做飯吃。兩人手挽著手在攤子間走著，錫生一路上說著話：「這魚是鹹水還是淡水的？」「這棵菜怎麼長得那麼難看！」「咦，這是甚麼東西？能吃嗎？」她自己的笑聲，那天的天氣，那色香味的慾望花園，印在腦海中，成爲車窗外匆忙強烈的風景。她和錫生，大概只有那一天，最接近夫妻的命運。

把菜拿回家，忙了一頓，看看鐘，已接近頴抒放學的時間。

從家裏到頴抒學校，約需二十分鐘的步行。她甩著手提包，搖搖蕩蕩，眼睛明亮的走在陽光道上。滿地葉影蹦跳不已，像豹身上的斑點，充滿熱情。各種綠葉子宛如綠瓣的花，和其他的花一樣，都是從花苞開出來的。風過處，一霎時落紅落綠，紅的在綠的掩映間，彷彿少女怯怯的紅繡鞋，在揚起的綠裙子底下露出紅鞋尖。

世香但覺衣衫微薄。

抵達學校，頴抒正在排隊上校車。

「頴抒，」她叫道。

頴抒看見她，叫了聲「媽」，笑起來。

「今天我們在外面吃午飯，」世香牽起女兒的手說。

她們在附近的一家西餐廳進餐，兩人都吃黑椒牛柳。這是家略具俱樂部式的私家味道的餐廳，一家三口偶爾也到這裏來。獨自帶女兒來此進餐，世香覺得自己是個獨立自主的離婚婦女。

落地玻璃窗外由近至遠排列著狗尾紅、雞冠花、秋海棠。紅的在綠的前面，綠的在紅的前面，很有商量似的你做葉子我做花，搭成一座碧瓦紅磚的橋通到外面的世界。

她無端想起第一次遇見錫生的時候。那時候，她與蒲傑已相好了兩三年。他們是因爲工作的來往結識的，事務所距離旣近，午餐便經常在一起吃。那天午飯時間，她趕到他們常去的那家餐廳。蒲傑已先到了，身旁多出一位男士，兩人都站起來迎接她。

「這是我們行裏的新同事譚錫生，」蒲傑介紹道。然後一隻手跨過來搭住她的肩膊，「這是我最要好的朋友周世香，我正在蓄錢娶她做老婆呢。」一邊笑邊說。

蒲傑喜歡在人前勾肩搭背。甚至結婚以後，她和蒲傑已是夫妻，每逢三人同時出現的場合，他總還是一手勾住錫生，一手勾住她，儼然大阿哥似的，對人大聲說：「我最要好的兩個朋友，譚錫生，周世香。」說著兩隻手往懷裏收緊，用勁拍拍他們的肩頭。她和錫生被他擺佈得立脚不穩，隔著他的身軀交換眼色，就像他庇護下的一雙小兒女。

錫生毛髮盛，頰旁的鬢長得比耳垂還低，十分紳士派。她曾經問他，為甚麼不把鬢毛刮掉，那麼怪相，任誰都以為他刻意如此。錫生說：「長得太快了，一天就能長出來，刮不勝刮。」

他的額角很斯文，濃眉深目，鼻子骨肉勻稱，薄薄的唇片微笑時和下頦的線條完全符合，變成一上一下兩個下巴。是一張家中老么的俊臉，童話故事裏最善良的三王子，歷盡艱辛，終於繼承王位，承受國王的全部遺產。

午飯當中，錫生首先離桌上洗手間。

「今天才來上班，請他吃飯套套交情，你不介意吧？」蒲傑道。

「甚麼話？」世香詫笑。

「覺得他怎樣？」

「我怎麼知道。」

「我倒是看出來了。」

「看出了甚麼？」

蒲傑卻不言語。

錫生回來，他們閒聊了一會兒，輪到蒲傑上洗手間。餐桌上的氣氛頓趨不自然。

餐廳在二樓，街上的車水馬龍簡直就是貼著脚底過，連車輛駛經時的地震也感覺得到。彷彿置身於建材簡陋的橋上，橋底有洪水猛獸洶湧而過，聲勢極之浩大。橋身大大的震慄了。

「聽蒲傑說你今天才上班，」世香說。

「甚麼？」錫生聽不見。

世香紅著臉重覆一遍。

「是的，」他微笑了笑。

她發覺他幾乎是害羞的。

「你以前是做甚麼的？」

「也是在車行裏做。」

「哦，這次等於跳槽了。」

「嗯，」他半點了點頭。

「你對車子方面有認識嗎？」頓了一頓，他突然這樣問。

「一點點。」

「那麼將來在事業上可以幫助邵先生了，」錫生笑容可親的說。

他已經認定她是蒲傑的妻子了！世香心裏也不知是甚麼滋味，只得不置可否的笑了一笑。

以後回想這一段對話，她禁不住忖道，不能成爲眷屬的情人，尙是陌生人的時候，他們的對話也是這樣空泛而又使人感到空虛的嗎？抑或所謂空虛，不過是回憶的化身。

「我上一上洗手間，」待蒲傑重新入座，她馬上說。

從洗手間出來，遠遠看見兩個男人有說有笑，談得興致勃勃。他們在談甚麼呢？有談到她嗎？她實在有點好奇。自小她就想知道男人相互之間到底談些甚麼，尤其當沒有女人在旁，而又談到女人的時候。

她和錫生相戀的期間，有一次，她很認眞的問他：「沒有女人在場的時候，你們男人之間到底談些甚麼？」

錫生皺著眉頭沉吟了一會兒，說：「你們女人呢？」

世香傻傻的答不上來。

午飯後，他們各自回事務所，意外的，蒲傑來接她下班。平常除了每天午飯見面之外，他們只在周末或假期才又約會。日後，世香不由得懷疑，是不是蟄伏的動物嗅覺發生作用，使蒲傑心生警兆，因爲當晚吃過晚飯，送她回家的途中，他就向她求婚。

「你不是還在蓄錢嗎？」世香說。

「但我已經不能再等了，」蒲傑道。「錢的問題你不必擔心，老實說，這些年下來，我也有點積蓄了……你覺得怎樣？」

冬末春初的風吹著，空氣中瀰漫綿綿的春濕，街燈都朦朧的冠上光暈，像一頂頂小傘，張開自己的光芒。

她無緣無故的想起譚錫生。爲甚麼會在這個時候想起一個今天才認識的人呢？

「你眞的愛我嗎？」她說。

「這兩年來我努力工作，想盡辦法攢錢，還不是爲了這一天！這還不夠證明嗎？」夠證明了嗎？她不知道。只覺得一陣陣春濕吹入眼簾。

他們開始籌劃婚事。無論在哪裏，世香成爲衆人笑鬧的對象，錫生也屢次拿話打趣她。他現在幾乎天天同他們一桌進午餐。餐桌上，話題經常圍繞一對未婚男女。世香坐在一旁聽著兩個男人談話，微笑著，望著錫生，好脾氣地被他取笑，心裏卻漸漸迷惘起來。

有一天，趁蒲傑暫時離桌的空檔，錫生突然低聲向她說：「你眞的要嫁給他？」

不知爲甚麼，聽了這句話，她反而有一種失落的感覺，一方面又有某種預感似的，忽然有些忐忑不安。

「考慮淸楚了嗎？」

世香抬眼望著他，「你覺得不好？」

「像他這樣的人，能夠眞正欣賞你的好處嗎？」錫生誠懇地說。

世香靦覥起來，低下頭去，「我……我哪有甚麼好處！」

她聽不見他說話，卻感到有一隻手覆蓋在她放置桌面的手上。她吃了一驚，想要抽回手來，另一隻手卻發力把她壓著。那是隻線條溫柔但剛強的手。

「他雖然也會愛護你，可是，我……我卻……」

「不要嫁給他，」錫生道。

世香甚麼都明白了。她的心卜通卜通狂跳起來。

「不行的，不行的，」她近乎帶哭音的說，一味扭動手，想抽回來。

錫生不肯放她，把她的手都抓紅了，聲音卻保持鎮定，「不要嫁給他，其實你根本並不是很愛他，是不是？」

「我不知道，你先放手，」她哀求著。

「不要嫁給他，其實你根本不想嫁給他，你只是太習慣了這種想法罷了，我的判斷不會錯，你相信我。」

「不是的，你錯了，你錯了，」世香痛苦的說。

「我沒有錯，」錫生道：「你才錯了。」

世香忽然不再掙扎了。是她錯了嗎？她發覺在心理上她早已把自己封作邵蒲傑太太：不知從甚麼時候開始，她就已經把自己想作了邵門周氏，將來生是邵家人，死是邵家鬼。她悠然自得的，在自己的想像中拼積木，造了新房，置了傢俱，每天在那裏面換牀單，泡新茶，供鮮花，剩下的一步只是把這想像付諸實現。雖然是長久以來渴望著的，然而這最後一步，多少總帶了點窮途末路的蒼涼意味；走完這一步，一生人好像也就此到了盡頭。但是現在又發覺並不如此。眼前這個人可以給她更多更多。一刹那之間，她的前景展開新局面，豁然開朗如同受到神的降福。在原有的夢想世界旁邊迅速的又長了一個，又圓又大，像個美麗的星球，天氣晴朗的夜晚她在人間仰望，看見它光華燦爛，幻想著在那上面將可能屬於她的良辰美景。

她瑟瑟哆嗦起來。在他的手的覆蓋下，她的手像一隻恐懼的小動物，抖個不停。或許他只是一個善心的過路人，看見路旁受傷的小動物，把牠抱起來帶回家，細心爲牠治療，照顧牠，飼養牠，使牠痊癒……然後呢？

「蒲傑回來了！」她叫道，猛地抽回手，漲紅了臉。

蒲傑回到他們中間，喊伙計算帳。

自那天始，世香背著蒲傑與錫生約會。日間，他們利用午飯時間蒲傑離桌的短暫時刻匆忙的談情說愛。蒲傑一走開，他們常常對望著笑，或者在桌底下手拉手。蒲傑在的時候，三人嘻嘻哈哈的以日漸逼近的婚期爲說笑題材。「恐怕是世界上最奇妙的談情說愛了！」世香心想。她擔心在蒲傑面前，她的眼神也掩藏不住內心的喜悅。坐在臨窗的位置俯瞰街上人羣，恍如在橋上看流水，那窗臺像橋欄一樣往兩邊曲折伸展，偶然從下面經過一雙戀愛中的男女，就是她和錫生的倒影。抬頭，對面的公寓大樓高得像山。午間的陽光落在乾淨的綠格子桌布上面，桌子中央瓶養著玫瑰、劍蘭、康乃馨、萬壽菊、滿天星。回想起來，那些日子的色彩，也就是虹橋的色彩。

她和蒲傑的婚事仍舊繼續進行。同時應付兩個人，她非但全未露出疲態，反而顯得神采奕奕。

錫生不以爲然。

「你爲甚麼不和他說？反正你們沒有訂婚，你不能算是背叛他。」

「不行的，」世香憂鬱的皺著眉。

「爲甚麼？你給我一個充分的理由。」

世香依舊苦著一張臉，「總之是不行的。」

「那麼你到底打算怎樣？就這樣嫁給他了？」錫生迫問她。

她不作聲。

「那麼是你不喜歡我？」

「不，我當然喜歡你，」世香忙分辯。

「但你還是要跟他結婚？」

錫生見她不語，又道：「你覺得他認識你在先，有優先權？」

世香搖了搖頭。

「你覺得對不起他，是不是？」

「不是的，不是因爲這個，」她焦急起來。

「那你就和他說嘛！」

「但我已經答應了他了。」

「結婚又不是簽合同，答應了，難道不可以改變主意嗎？」

「可是……可是……房子都已經買了！」她幾乎哭了出來。

「你總不能因爲房子去嫁人吧！」錫生提高了聲音。

世香只是嘟著嘴，鼓著腮，像個不幸的孩子似的坐在那裏。

「正因爲已經買了房子，更應該快點和他開誠佈公，免得夜長夢多。」頓了一頓，錫生又道：

「如果你覺得不好意思開口，由我去說好了。」

「不要不要，要說就我說，」世香忙道。

「那麼你去說。」

半晌，她終於很委屈地點了首頭，「好吧，我試試看。」

過了幾天，她得著一個機會，向蒲傑道：「蒲傑，我……有點事，想……想跟你說。」

「甚麼事？」

「我……我們……不要結婚好不好？」她臉上熱得發燒似的。

「不結婚？」蒲傑露出難以置信的神情。「怎麼回事？為甚麼突然之間說不結婚？不是已經說好了嗎？」

世香幾乎要昏過去，「我……我……因……因為……」

「因為譚錫生？」

世香嚇了一跳，抬頭望著他，也不知為甚麼，突然慌了，一疊連聲的說：「不是不是，沒有沒有，算我沒說，算我沒說……」

「是因為譚錫生嗎？」蒲傑沉著聲音說。

世香只是雙手亂搖，「不是不是，算我甚麼都沒說，甚麼都沒說……」

蒲傑板起臉孔，「不結婚是不行的，你要知道，房子都已經買了，而且也快裝修好了，還是你最喜歡的橙紅色。」

他居然跟她有相同的想法！「是呀，」世香幾乎是高興的，「我就是這樣和他說的呀！」

「哦，是嗎？」蒲傑淡淡地道。「那就應該沒問題了。」就這樣把話題結束了。

世香簡直沒有勇氣面對錫生。但是，她始終躲不過那一天。那是個星期天，他們一起吃午飯。

「怎樣？」錫生問她。

「他不答應，」世香不朝他看。

「爲甚麼不答應？」

「不答應就是不答應。」

「你有沒有告訴他我們的事情？」

「告訴他了。」

「他還是不答應？」

世香搖了搖頭，「不答應。」

錫生想了一想，「那麼，只好由我出面了。」

「你千萬不要！」世香慌忙道。

「爲甚麼？」

世香垂首不語。

錫生盯著她的臉說：「你根本沒有和他說明白，是不是？」

世香訥訥的說：「我……我不敢。」

「你怎麼那麼膽小！」他對她非常失望。過了一會兒，他又用比較開朗的聲調說：「不要緊，管他答不答應，你堅決不肯，他也不能把你怎樣。」

「可是……可是……房子都已經買了。」

錫生瞪大眼望著她，說不出話來。

「而且……已經快裝修好了，還是我……我最喜歡的橙紅色。」

「橙紅色？」像是嫌這顏色難看。

「橙紅色有甚麼不好？」世香自衛的說，已經準備為她新房的顏色辯護。她畢竟掩飾不住她心中所感到的嚮往。她可以清楚想見她未來的家。光線充足的房間，淡橙紅的牆紙，一瓶瓶的鮮花，一切都經過她精心的選擇與安排。那個世界，她快要成為它的女主人了，她能夠說放棄就放棄嗎？那一切，錫生又能夠給她多少？比較起來，愛情畢竟是渺茫的。

「其實你根本就是想嫁給他，安安穩穩做你的邵太太，從一開始你就沒有改變過主意。既然是這樣，你為甚麼要敷衍我呢？」

世香被他的話刺痛了，激烈的反擊道：「你根本就不明白，蒲傑為了我，不知作出了多大的犧牲，等了多少年，他辛辛苦苦工作賺錢，全都是為了我，我總不能一點都不嫁給他。」

「好了好了，那你就嫁給他好了，算我多事，算我自作多情，」錫生很洩氣。

世香倒又有點不忍。如果有另一個她，可以嫁給錫生就好了。

她心腸一軟，就說：「這樣吧，我先跟他結婚，兩年後，再跟他離婚好了。」她說這話的語氣，就好像已經相當讓步似的。

錫生用一種諷刺的語調說：「就是嘛，先做做邵太太，試試看，不喜歡，或者做厭了，再來做譚太太也不遲。」

「我不是這個意思，我不是的，」世香急得直跺脚。

「那麼你是甚麼意思，你說！」

「我……我……」她說不出來。

錫生苦惱地搖著頭，「我不明白，我眞不明白。」

世香扭頭向著窗外，眼淚簌簌的落了又落——她心中有兩個世界，無法說出來。

結果還是放棄戀愛，寧取婚姻……她的房子在十樓，八百三十二平方尺，向東南，視野廣濶。她在裏面度過將近十年的光陰。

望出去，可以看見陽臺上的簕杜鵑，正開得鮮紅奪目，花葉並茂，彷彿沿著那細細的枝子運行著的，有紅綠兩種色素的血管、紅的血流出來成爲花，綠的血流出來成爲葉。

不知顥抒睡著了沒有。吃完午飯回家，她便安頓顥抒睡午覺。但這個女兒會裝睡，不可靠。

來到顥抒牀前，挨近看看，眼瞼顫動，分明沒睡。

「喂，我知道你沒睡，裝甚麼裝？」

顥抒沒有反應。

世香又細看了看，忽然沒那麼肯定了。她想起明天是星期六，輪到顥抒那一級短週，不必上學，只須拿話試她一試，她果眞沒睡，不怕她不自己招出來。

世香於是忍笑道：「你給我老老實實的睡覺，誰叫你明天要上學，不然我也不會硬要你睡。」

顥抒立時從牀上彈了起來，大聲辯明：「我明天不用上學。」

世香得意地拍手，又笑又跳，「我就知道你沒睡，果然沒錯，你看，不出三句話，你就讓我給試出來了，自己拆穿自己的西洋鏡。」她覺得自己的確有些小聰明。

顥抒氣得哭了起來。

「哭哭哭，哭甚麼哭，跟你玩玩都不行呀，就這樣得罪你了，小器鬼！」

世香不再理會她，逕自出去澆花。

那三盆箣杜鵑，是她從一個老頭兒那裏賤價買來的，一個塑膠袋裏著看似破枝爛泥的東西回家，蒲傑看見，嗤笑道：「從哪裏撿回來的殘花敗柳！」她把花分開三盆種。出乎意料的開得絢爛無比。連蒲傑也說：「我們可以多買幾盆，把整個花架攀滿了。」

那時候她還不大懂得種花。有一次，正在開花的時候換盆，花全死了，葉子都禿了。她傷心了好幾天，就當它是活的，每天依時澆水。次年開春，眼看又長出活活的綠葉，她又歡喜了好幾天。

那三棵龍吐珠，年初換盆，蒲傑興致好，也來幫忙。她一個眼不見，蒲傑自作主張把細長根全給剪了。

「喂，你幹甚麼？怎麼把根全剪了？」世香嚷了起來。

「別大驚小怪好不好！這個花，揷枝就能生，留幾條主根就行了，不然得多大的花盆才容得下。」

「可是這已經不是嫩枝了，枝子都那麼老了，怎麼還能夠揷枝生，你把根都剪了，豈不是要營養不良嗎？」

「不剪都已經剪了，你嚷也沒用，」蒲傑不耐煩的說。

「你以後別碰我的花，我不要你碰我的花。」世香很生氣。

果然三棵全枯了。世香每看見就埋怨，從陽臺直嚷進來，務必讓蒲傑聽見。蒲傑勸她把花扔了，重新買。她不肯，堅持天天澆水，直至原本乾硬的枝子開始發綠，韌性也有加強的傾向，看樣子又有些希望。終於有一天，蠅頭小的綠芽一點一點破枝而出。

植物生命的強旺，令她感到不可思議。

百合和曇花都是舊住戶搬走時留下的。至今她還記得她那個和曇花有關的故事。那個故事發生在她的懷孕期間。當時她腹大便便，肚子裏懷著頴抒。家中的曇花要開了，她一整天惦念著，向蒲傑說：「今晚我們起來看曇花好不好？我聽說曇花午夜至凌晨開得最好。」

「我明天還要上班呢，」蒲傑道。

晚上蒲傑睡熟後，她到底還是爬起牀出來看曇花。

月色美好。那懸在空中的月亮，像一片風平浪靜的白而圓的海。曇花開了。微沾夜露的花宛如合攏的手，剛剛從水裏把花蕊撈出來捧在掌中，猶自濕濕的。她忽然想編一個關於曇花的故事，講給她腹中的孩子聽。她說：「媽媽講一個故事給你聽好不好？從前，有一對夫妻，他們非常恩愛，生活也過得富足，只有一件事不能如願，就是沒有孩子，他們到處求神拜佛，也都沒有效。許多年過去了，兩夫婦頭髮都斑白了，對於養育孩子，也早已死了心。就在這個時候，奇蹟發生了。他們的園中有一株曇花，每三年開一次花，所開的花，簡直不像是這個世界應該有的。他們知道那一定是不平常的花，每逢花開的夜晚，就到園中守護，免得曇花被鳥啄食，或被其他動物傷害，直到花謝了他們才離開。這一個晚上，又是每三年一度的曇花開的時候了。兩夫婦像往常一樣來到園中守護曇花。這一次的曇花比以往任何一次開得更美更大。他們正看得入神，忽然間聽到嬰兒啼哭的聲音，好像就是從眼前的曇花傳來的。他們當然很驚訝。莫非是曇花哭了嗎？走上前去察看，這才發現原來曇花心躺著一個雪白可愛的女嬰，正在那裡哭著呢。兩夫婦像是得到寶貝似的，高興得不得了，他們收養了女嬰，就叫她曇嬰。曇嬰長成爲非常美麗的姑娘。她生來就是有福份的。每三年曇花開的時候，她的心願總能夠達成。這個消息傳了出去，每三年就有許多人來到這個村落，求曇嬰幫助他們達成願望。曇嬰宅心仁厚，只要是老老實實的人，她沒有不應承的。曇嬰十八歲，又到了每三年一度的曇花開的時候了。這一年，曇花開的晚上，村子裏來了一個英俊的年輕人，看樣子是從極遠極遠的地方來的……」

世香編到這裏就編不下去了。她發覺她這個故事，跟她小時候聽過的那些，簡直沒有兩樣。也或許她不希望這個在今天晚上開始的故事，也在今天晚上結束。

她想到她未來的孩子。

在她和蒲傑的婚事已成定論之後，她還是繼續與錫生來往。

「爲甚麼我們還在見面？」她說。

「因爲你快要結婚了，」錫生道。

留戀目前，是因爲結婚之後，縱然再能相聚，也不能和婚前一樣？還是因爲她將要爲人妻，無論他如何放縱自己，也不必負任何責任？世香並不十分明瞭。在她來說，也許只是對婚前的一切感到由執著而來的懷舊。懷舊之中有新生的覺悟。

由於一種錯綜微妙的心理，結婚前幾天，她獻身給錫生。

「你不後悔嗎？」錫生在枕邊耳語著。

「不後悔，」她說。

月光透過百葉窗簾一條條照在他們的肉體上。她痛心地感到他們不是月光，只是倒影月光的水面。

然而，事情畢竟讓蒲傑知道了。

那還是新婚期間。一天，好合之後，蒲傑表現得很輕鬆愉快的說：「比起來，怎麼樣？」

「甚麼怎麼樣？」世香奇道。

「我和錫生比起來，誰比較老練些？」

世香臉上變了色，「你怎麼知道的？」

「他先到了手，不讓我知道，他忍受得了嗎？」蒲傑近乎勝利地說。

世香整個人呆住了。她簡直不能相信這是事實。第二天，她急不及待地去找錫生質問。

錫生耐心聽她說完，像個顧問似的說：「你被他騙了。你想想看，我怎麼會告訴他呢？我會做這樣的事嗎？他是在試探你，結果你不打自招。」

世香楞了一楞，再也隱忍不住，「哇」一聲大哭起來，把錫生嚇了一跳。他張開手擁抱她，她身子一軟，埋頭在他胸膛上哭。

錫生拍著她的背脊，「別哭了，別哭了！」

世香好像忽然想起了甚麼，一把將他推開，哭叫著，「爲甚麼這樣對我？爲甚麼這樣對我？」

錫生被她弄糊塗了，「我……我並沒有……」

「你也有份，你也有份，」世香頓足道。「你們都不是好人，你們都欺負我……」潑潑洒洒罵了許多話。

錫生一邊被她罵著，一邊好言好語勸她，費了一番唇舌，好不容易把她勸住了。

「來，」他說：「我送你回去，我們找他理論去。」

世香抽抽咽咽，「你會不會和他打起來？」又像期待，又像害怕。

「不會不會，你放心，我不會和他打架，」錫生道。

世香沒有再說甚麼。

然而，回到家，進了門，一看見蒲傑，她提起皮包照頭照臉的就朝他打，打得蒲傑抱頭直退，完全沒有招架的餘地。倒是錫生看不過去，抱住世香的手，「別打了，別打了！」

世香跌坐在沙發上，在兩個男人中間，放聲大哭。

蒲傑和錫生面面相覷，都不知如何是好。錫生猶豫了一會兒，終於覺得不便在此時離去，只得先坐下來。他一坐下，蒲傑也跟著坐了下來。兩人都是一副受害者的模樣。

「有了孩子怎麼辦？有了孩子怎麼辦？」世香氣勢咄咄。

她從未以如此強硬的態度對待他們。但現在她覺得三個人之中，只有她是正直清白，而大無畏的。

她止住哭聲，完全地心平氣和。

「有了孩子怎麼辦？你們誰認？」她說。

「不會吧！」蒲傑懷著某種希望道。「會那麼巧嗎？」

「怎麼不會？」世香直視他。「我是女人，我可會生孩子，你不想要小孩子，你娶個男人好了。」

「我可沒說我不想要小孩子，」蒲傑咕嚕道。

錫生怯生生地開了口，「你……你沒有……呃……那個……」

「沒有，我沒有避孕，」世香冷然道。

客廳裏有一段時間的沉寂。

「可以進行因子分析，」錫生驀地說。

其餘兩人都抬頭注視著他。

錫生接道：「可以的，有人把人和猴子進行因子分析，發現只有百分之二的差別，可見的確是有這回事。」

蒲傑低聲罵道：「你這是人話還是鬼話！」

錫生看了世香一眼，臉上訕訕的，不敢再說下去。

「只有到時候再說了，」蒲傑抖了抖脚，悠然道：「看看像誰，看看像誰就知道了。」就好像絕對不會像他。

世香打鼻孔裏「哼」了一聲。

結婚一年多才生下顯抒。世香望向正在客廳練習鋼琴的女兒。她有蒲傑微方的臉，窄長的眼睛，以及性格中的刁鑽和保守。

叮叮咚咚的琴音重覆著一樣的調子。世香坐在十年前的時光裏，遙望她未來的女兒。十年後的琴聲和其他樂器的聲音分不出來，彷彿是從音樂盒傳來的，細細的、吟詠的音樂……落花流水的聲音……

自從鬧過那回事情，蒲傑和錫生就像突然發現同性之間友誼的奧秘似的，關係竟然密切起來，時常搭伴出去找節目，喝酒聊天。世香在家裏看孩子。錫生到邵家作客，世香忙出忙進爲兩個男人張羅，屢屢聽到他們小聲說大聲笑。他們在笑甚麼呢？會是笑她嗎？世香以多疑的眼神輪流打量他們。

經過那樣的事情，他們仍能維持穩定的友誼，她不能不佩服。三人在一起的場合，她在旁聽著，看著，對於他們自以爲是的笑話匆匆笑兩聲。錫生有時候眼睛笑笑的望向蒲傑身旁的她，不知在想些甚麼。這時候，她感到她的家庭生活溫馨完整。他對她是否有所留戀呢？她暗自想道。也許他對她的婚姻沒有眞實感，依舊把她當作情人？還是對她的家有一種莫名奇妙的歸屬感，在她這裏得到某種慰藉？

三人一同外出吃飯，卻往往是掃興的。

蒲傑是他們當中的司機，錫生坐在司機位旁，她坐後座，或在蒲傑後面，或在錫生後面。

吃飯時間到了，蒲傑就說：「怎樣？到哪裏吃飯？」

沒有人出聲回答。

蒲傑又道：「世香，你想吃甚麼？」

「我無所謂，我甚麼都吃。」

「你呢？」蒲傑問錫生。

「我隨便，你們去哪裏我就去哪裏。」

「世香，你說，女士有優先權，」蒲傑找了個體面的藉口。

「爲甚麼又是我說？每次都是我說，上次也是我說的，到了那裏又說這個不好那個不好，這次我無論如何是不說的。」

沉默了片刻，蒲傑向錫生道：「喂，怎樣？」

「我這人是最無所謂的，你又不是不知道。」

「世香，你決定，」蒲傑又道。

「我才不，爲甚麼你們能夠無所謂，我就不能無所謂。」

僵持了一會兒，蒲傑催促道：「喂，快點呀，我這車子不知開到哪裏去了。」

「你怎麼不拿點主意？」世香氣道。「老要人家說，你自己光聽就行了，好人都你做。」

「我怕你不喜歡。」

「誰不喜歡了？我哪一次不喜歡了？你是司機，你把車子開到哪裏就是哪裏。」

這種情形經常發生。然而世香懷念著其中一些時刻。她坐在錫生的座位後面，錫生會從座位與車門的空隙把手伸過來；她看見了，就把手伸過去，和他緊緊握著；一面又擔心蒲傑覺察，不住偷眼瞧他。無數燈光從窗外飛過，如一團團七彩的塵。她身體裏有一種緊張的幸福。

「顯抒，你晚飯想吃甚麼？」她問女兒。

穎抒兀自彈著鋼琴，不回答她。

吃過晚飯，穎抒在飯桌上做功課。世香開了沙發旁的座地燈，坐在燈下看電視。在她左手邊不遠的金魚缸發出幽深的水族的光輝。她把脚擱上面前的茶几。從她那個角度，一雙脚漆黑清楚的印在螢光幕上，像兩棵各長了五個瘤的怪相的仙人掌。她自己笑了起來。

「媽，你今天餵了魚沒有？」穎抒問道。

「哎呀，我忘了，」她忙去餵魚，「平常都是你爸爸下班的時候餵魚，今天你爸爸不下班，就忘了。」

她蹲下來往魚缸裏看。

「你看，這條滿地金要死了，一直倒過來游。」

穎抒也走了過來。兩母女頭挨著頭看金魚。

「這幾天一直翻轉肚子。」世香道。「你老師有沒有告訴你魚快死的時候爲甚麼要翻轉肚子。」

「爸爸說是因爲爆血管。」

「呸，你信他？」世香啐道。

最大的一條金魚足足有巴掌大，淡橙的紗裙子似的尾巴拖在後面，婀娜地游著。他們曾經買了一包小魚苗放進去給大魚吃，大魚不吃，小魚苗在大魚之間來來去去，倒成了牠們的小寵物。海底的幽秘的世界，在這裏只是浴池的景象：氧氣管冒著一串串水泡，又像在煮著一壺綠茶，一條條魚如同浸透的茶葉載浮載沉。

從前有一次，她問蒲傑：「如果我們在金魚缸裏面釣魚，你說會怎樣？」

「還能怎樣，當然是上釣，」蒲傑道。

「將來我們老了，走不動了，可以買一個大一點的金魚缸，我們一人一條魚竿，在裏面釣魚，」世香充滿憧憬的說。

她想像著那個她和蒲傑一塊兒釣魚的情景。他們的往事一件一件的在他們眼前過去，一條魚，又一條魚，鎮靜而冰涼。

「你說你爸爸甚麼時候會回來？」看完金魚，世香重新坐在沙發上看電視，顯抒回到飯桌做功課。

「說是說兩星期，難得遠遠的離開我，還不趁機會多逍遙幾天才回來……你說他會不會打電話回來？」

頓了一頓，她又自顧自說下去，「也說不定他會提早回來……不過……還是不會的了，他和錫生兩個，那麼多年沒見面，當然是有許多話要說的……」他們會說到她嗎？她想。一種寥落感油然而生。

對於錫生而言，她終於已經完全是邵蒲傑太太了吧！她終於在蒲傑給她的家裏安安樂樂住了許多年。結實的牆壁，使她的世界有了固定的範圍。她在裏面拼積木似的，把東西一件一件拼湊起來，小心不去碰塌它，最後把自己安置進去。儘管有時候她也希望自己的房屋沒有屋頂，讓她直接住在天空底下。那麼，至少有一面，只要有翅膀的話是可以飛出去的。然而，畢竟是有了四壁之後，才敢作那樣的幻想。

「顥抒，去洗澡，」她叫道。

顥抒不聽。她又催了好幾次。

顥抒很負氣的站起來，到房間拿了衣物進浴室。世香獨自坐在安廳，聽見輕微的衣物的啊嗦聲……嘩啦嘩啦的水打著一個人的身體……

蒲傑洗完澡，穿著浴袍出來，坐在她身旁，像一隻氣喘吁吁毛茸茸的可愛的動物。她就擠到他旁邊，跪坐沙發上，在燈下替他揀白頭髮。

她拍拍他的頭，「小老頭，你看你的白頭髮，快要追上你的黑頭髮了！」

「還有幾公尺？」

「數得出來就是。」

她瞇著眼撥草尋蛇的撥著他的頭髮，「我今天在報上看到一個專欄，說鼻子毛最準，鼻子一長白毛，再想假報年齡都不行了。」

「怎麼準法？五十歲長一條，五十一歲長一條，五十二歲又長一條……」

兩人都笑起來。

「那麼專欄挺有趣的，我以後天天剪下來，」世香道。

「誰寫的？」

「誰知道，」

「那麼人家不是白寫了嗎？」

「我可沒白看，起碼我知道我還沒有老。」

「讓我看看你的鼻子有沒有長白毛，」世香笑著要把蒲傑的臉仰高。

蒲傑避開她的手，一面從旁邊的桌子拿起一本汽車雜誌，攤開來開始看，一面說：「我勸你還是別看了，看見了對你也沒有好處，我才大你幾歲！」

世香白了他一眼，果然不看了。

蒲傑比錫生年長，但錫生卻先長出白頭髮來。六年不見，不知道他的白頭髮又長出了多少！

大約六年前的一天晚上，將近十二點鐘，兩夫婦正準備就寢，有人按門鈴。

「誰那麼晚？」世香出奇道，跑去開門。
是錫生，一手抱著一瓶酒，一手拎著一隻透油的紙包。
世香也不知爲甚麼，整個心亂了，只是怔怔的。
錫生向她微笑了一笑，「還沒睡？」眼睛一直看著她。
「發甚麼神經啊你！」蒲傑也趕了過來。
「你們還沒宵夜吧！」
「到底是怎麼回事？」
「我申請到美國唸書，證件批下來了，」錫生道。
世香和蒲傑呆了一呆，互望了望。
蒲傑道：「眞不夠朋友，怎麼不早說？」
「早說遲說還不是一樣，去不成我又不想說了。」
世香低著頭把錫生手裏的東西接過來，把酒擱在飯桌上，其餘的拿到厨房。
「那是滷味，」錫生在她後面說。
在厨房把滷味盛在碟子裏，她聽見蒲傑的聲音問道：「怎麼回事？」
「沒事，早就想再讀幾年書了。」

「不是因為……」

「不是不是，不是那個。」

打甚麼啞謎，世香心想，老是說些她聽不懂的話，她把碟子碗筷端了出去。

有猪舌、叉燒、燒雞、白斬鷄、鴨腎。

「一大堆肉，」世香把碟子擺在飯桌上，「我去炒一碟青菜，你們先吃。」說畢回厨房去了。

蒲傑去找酒杯。

「這可是好酒，」錫生開著瓶塞說，「擺了幾年也捨不得喝，今天晚上我是打定主意報銷掉的。」

蒲傑拿來兩個酒杯，倒了酒，給錫生一杯。兩人慢慢喝著、吃著、聽著世香炒菜的聲音。

「現在想起來，倒是挺懷念學校生活的，我有那個條件，我也陪你去混幾年，」蒲傑道。

錫生笑道：「還說呢，你看我，白頭髮都長出來了，再去苦讀幾年，不知要變成甚麼樣子呢。」

蒲傑看了看他的頭髮，「你那是未老先衰，到了那邊，娶個老婆回來燉點補品給你吃是正經，唸書倒是其次。」

錫生只是笑。

蒲傑又添了些酒，「我這酒量和公司的生意是成正比的。生意好，應酬多，酒量就好；生意不好，沒那麼多機會會喝酒，就差了。」

「要不要給世香拿個酒杯？」錫生道。

「她哪裏行，她從來不喝酒的。」

只見世香從厨房端著菜出來，「巴噠」一聲擱在桌面，從蒲傑手裏奪過酒杯，也看不清是甚麼酒，一口氣就喝了下去。她馬上又斟一杯，一仰脖子喝個精光。

兩個男人都沒敢阻止她。

「呃……顥抒呢？睡了？」錫生道。

「睡了，」世香道。

那時候顥抒約兩歲左右，會叫譚叔叔了。

「我去看看她，」錫生道。

他們三個都去了。

顥抒的小牀就在蒲傑夫婦的大牀旁邊，三個大人躡足走進，都圍著小牀。黑暗中，只見兩男一女把腰彎得低低的望著睡眠中的孩子，也看不出那個女的加上誰才是孩子的父母。也許他們都想起幾年前爲這小女孩所起過的爭論。

「睡得好香，」錫生悄聲笑道。「等我回來的時候，說不定已經是個大姑娘，可以叫我哥哥了。」

蒲傑笑道：「你倒想得美，她會長大，你就不會長老，我看叫你譚伯伯還差不多。」

兩人吃吃的笑起來。

世香也不知爲甚麼，心裏一陣難過，突然嚶嚀一聲哭了。她索性坐大牀上嗚嗚嗦嗦地哭起來。

蒲傑和錫生望了她一會兒，都沒作聲，先出去了。

世香靜靜地坐在那裏，任由淚水流落。遠處的燈光光閃動，如一顆顆夜明珠，使人忘記它們是由於電力供應才發光的。它們以源自本身的光芒照亮黑暗，像太陽一樣。然而卻被她的熱淚燒溶，在她的淚眼中化爲光汁。

過了一會兒，蒲傑進來，拉起她的手，「出來吧！」

她出去，也在餐桌邊坐下。平常滴不沾唇的她，兩杯下肚，那酒精直衝腦際，早已有點迷糊了，也不管是誰的酒杯，看見酒杯就拿，把杯裏的酒喝了。

蒲傑要搶她的酒杯，她很兇的叫了一聲，「你敢！」

「隨她去吧！」錫生說。

世香又喝了些酒。

「她醉了！」蒲傑道。

世香努力望向說話的人，但那燈光跟陽光一樣刺目，像黃金萬里的沙漠上的陽光，又像是從她自己體內發出來的，無邊無際的光。她在天地間是一件發光的物體，飄飄蕩蕩，也不知和這世界是怎樣的一種接觸，但她彷彿又覺得很好，周遭的一切蒙上一層狂樂的色彩，她的四肢像一隻小船的槳，划來划去，自由自在。

她似乎聽見錫生說：「喂，你要好好對待她，不然我可放不過你。」

蒲傑道：「你放心吧，我們乾杯！」

兩人碰了杯子。

「喂，世香，他要是待你不好，你就不要做邵太太了，來我這邊做譚太太，知不知道？」

她好像聽懂了，又好像沒聽懂，粗著舌頭說：「可不是，我最好了，有兩個丈夫，一個東，一個西，到哪裏都不愁沒有丈夫。」

朦朦朧朧的，她看見兩個男人勾肩搭背，哈哈大笑。但她不大能夠確定那兩個男人之中，誰是蒲傑，誰是錫生，誰是她丈夫！她想告訴他們她還沒醉呢，他們倒先醉了！

她在燥熱的沙漠走著，被太陽晒得發昏，忽然聽見兩個男人的聲音，極遠而又稀薄的，像煙一樣裊裊上升，又像夢。

「沒有酒了。」

「我去買。」

「這個時候哪裏還有酒賣？」

「我知道地方，我去。」

「不要了吧，你還沒喝夠嗎？」

「你看著她，我去去就來。」

買酒……買酒……她模糊地想著，耳邊靜了許多，所聽到的聲音都是音樂，叮叮咚咚，十分悅耳動聽，也許是從未來的世界傳來的。那個世界，像一個音樂盒緩緩地開了。

她感覺到一團溫暖的氣體逐漸向她移了過來，那麼溫暖，使她非常的想親近。一雙男性的手臂把她扶起，挽住她的腰，有力地支持她的軟弱。許久許久前，也有人這樣地挽住她的腰，讚美她的頭髮……情人的手，溫柔的衣帶似的在她的腰肢上……遙遠遙遠的愛情……她忽然緊緊地擁抱眼前這個人，找著他的唇狂吻起來，微熱的淚化成一滴滴酒從她的眼角不斷滾落。

次日早晨她好好地在牀上醒來。蒲傑上班去了。錫生遠行了……太陽的熱力洶洶地打在她的臉上，她覺得自己彷彿變成了一座大山，身體和地球的硬殼連成一塊，凶猛的浪潮轟轟擊打著岸邊，那潮水熱得像炎夏一樣，她整個腦袋簡直要像石岸似的裂開……她不知人生會有如此驚心動魄的甦醒。

「媽，媽，」有人推她，喊她，「媽！」

世香張開眼睛。她不知甚麼時候在燈下睡著了。

「媽，你睡著了。」

世香揉了揉眼，半晌才回過神來，「幾點了？該睡了吧？」

她帶女兒上牀，看著她睡下了。方才回到自己房間，坐在梳粧臺前卸粧，把今天一整天的化粧，一整層卸去。然而，不知是粧鏡照出了她原來的樣子，還是那面鏡子蛻了一層皮，以它的本來面目照她。

洗了澡，爬上牀，說不出的不舒服。那是因為那張牀一整天沒舖的關係。

「明天一定要舖牀了，」她想。

她熄了房間的燈，只感到遠行歸來的疲倦。外面的夜空充滿星光，無垠的一片大黑鏡，把地球上的燈光一顆顆照在上面。蒲傑在空中飛行時，所看見的地球上的燈光，是不是也像她此刻躺在牀上，所看見的天空中的星光一樣呢？或許是她在天空飛行，她此刻所看見的星光，其實正是地球的燈光。

她翻了一個身，把蒲傑的枕頭攬入懷中，用兩手抱得緊緊的，叫道：「蒲傑啊蒲傑！」就這樣睡著了。

一九八六・四

——鍾曉陽作品：——

◎停車暫借問　長篇小說　三三　七〇年
◎流年　短篇小說集　洪範　七二年
◎細說　散文集　三三　七二年
◎愛妻　短篇小說集　洪範　七五年
◎哀歌　短篇小說集　三三　七五年